我的男友

［日］青山七惠 著

林青华 译

上海译文出版社

图书在版编目（CIP）数据

我的男友/（日）青山七惠著；林青华译. —上海：
上海译文出版社，2013.5
ISBN 978 - 7 - 5327 - 6093 - 0

Ⅰ.①我… Ⅱ.①青… ②林… Ⅲ.①长篇小说—日
本—现代 Ⅳ.①I313.45

中国版本图书馆 CIP 数据核字（2013）第 039616 号

《WATASHI NO KARESHI》
© Nanae Aoyama 2011
All rights reserved.
Original Japanese edition published by KODANSHA LTD.
Publication rights for Simplified Chinese character edition arranged with KODANSHA LTD.
through KODANSHA BEIJING CULTURE LTD. Beijing，China.
图字：09 - 2012 - 442 号

我的男友　　　　［日］青山七惠 著　　　　出版统筹　赵武平
わたしの彼氏　　林青华 译　　　　　　　　责任编辑　刘　玮
　　　　　　　　　　　　　　　　　　　　　封面设计　韩　笑

上海世纪出版股份有限公司
译文出版社出版
网址：www.yiwen.com.cn
上海世纪出版股份有限公司发行中心发行
200001　上海福建中建 193 号　www.ewen.cc
上海文艺大一印刷有限公司印刷

开本 850×1168　1/32　印张 9.25　插页 5　字数 112,000
2013 年 5 月第 1 版　2013 年 5 月第 1 次印刷

ISBN 978 - 7 - 5327 - 6093 - 0/I · 3624
定价：36.00 元

一

鲇太朗想：

假如自己是个女孩，爱吃冰激凌，剪着轻盈的头发，吹着凉风，坐在长椅上眺望晚霞，哭了起来——理由是什么？

莉莉在哭。

鲇太朗看着太阳落到公园林子后面。他忍着不眨眼。不一会儿眼睛疼了，他使劲一闭眼。再睁开眼睛时，莉莉还在哭。

莉莉不跟鲇太朗对视，低着头静静地哭。说了该说的话，往车站那头一走了之就是了，可感觉非得这么哭不可。然而，没下命令，眼泪也自然涌出来。

"太阳，"

鲇太朗说，

"好晃眼。"

莉莉一瞬间停住呼吸。走过跟前的路人脚踝贴了创可贴。是皮肤色的、平平无奇的创可贴，正中间小纱布的部分染上了一片暗影。

"莉莉，冰激凌要化掉啦。"

1

鲇太朗窥探莉莉哭泣的脸。

"这个，我不要了。"

她抽噎着，把手上的冰激凌递给鲇太朗。

"为什么？"

"太凉，牙齿痛。"

鲇太朗想象着开始融化的蛋卷冰激凌表面上，出现有人在某处花地里笑呀、跳呀，周围聚集许多小动物的欢快场面。他不时对身旁的莉莉说"别哭呀"。

稍稍安定下来了，莉莉回过神地干咳一下，说道：

"我好像不喜欢你了。"

"不喜欢是什么意思？"

"也不是讨厌。"

"对我？"

莉莉点头。

"我祈祷你会幸福。"

"你祈祷——在哪里？"

莉莉掏出毛巾布手帕擦擦眼皮下。然后好一会儿抵着鼻子。好像在嗅什么好闻的味道。

"我真的祈祷了。"

"莉莉，别祈祷呀。"

"我得走了。"

"哎，怎么回事嘛。"

什么怎么的……一开口又流泪了。眼泪只管流。莉莉站起来。

"总之，就这样。"

她照直说了，跑进路人之中。途中，发现自己在期待被追上，就跑得更快了。跑到车站时，大汗淋漓，脸上不成样子。莉莉上洗手间，稍微理一下妆，上了电车。

吃完了莉莉留下的冰激凌，鲇太朗站起来，直直身子。有东西往上涌。

"莉莉！"

他向车站那边喊。路人吃惊地看向他。

追上去并不明智，他刚才目送着莉莉的背影，心想。可到了此刻，他感觉这样的状况之下，明智没多大必要。约过了五分钟，鲇太朗决定追赶她。

抵达莉莉的公寓前时，天已经黑下来。她的房间亮着灯，并没有人开门的动静。按门铃的几分钟里，小腿已经被蚊子叮了两处。他一边敲门，一边小声喊：

"莉莉，开门！"

然后他又等了几分钟，什么也没干。邻室房客提着粉红色环保袋回来了。鲇太朗笑脸相迎："晚上好。"邻居也回以笑脸："今天热得像夏天了啊。"鲇太朗这里来得多，彼此面熟。

鲇太朗掏出手机，给莉莉发信息。

按了"发送"没多久，她出来了，还跟公园分别时一样穿着。

"怎么了？"

莉莉看上去不开心。

"莉莉，对不起。"

"为什么道歉？"

"我不想分手。"

"可是我们不能再交往了。"

"有不是的地方我会改。"

"不是那个问题，不能再有鲇太朗存在了。"

"我不明白。"

"我也不明白。"

"原因也不说？"

莉莉像平时一样，露出龅牙笑。鲇太朗一见那笑脸，就忍不住了，上前一步要牵她的手。莉莉一闪身，把门口放的细长花瓶拿在手上。瓶子是空的，底部有些茶褐色污迹。

鲇太朗哭着回家。

不紧闭着嘴，牙齿会打颤，轻轻发出咯咯响。

围绕路灯的飞虫形成了斑点的圈，飞舞着。

鲇太朗有三个姐姐。

大姐和二姐都结婚了，三姐单身。三个姐姐都堪称美女。鲇太朗伤心时上门去喝茶的，肯定是二姐百合子家。

有了莉莉的事情的第二天，大学里一下课，鲇太朗就去百合子家。

"怎么啦？"

鲇太朗一见久违的姐姐，几乎瘫软倒下。可他使劲站稳了。

"我路过。身体好吗？"

"挺好的。"

她血管突起的手按在腹部。鲇太朗担心她吃了什么不好的东西。

"你肚子疼？"

"没有。喝茶吗？"

百合子没按着腹部的手沙沙地抓着头皮。然后，不等鲇太朗回答，退到走廊后头。

鲇太朗稍后进入客厅，见百合子坐在餐桌的椅子上，面对着一台笔记本电脑。

"喝茶好吗？"

"正在煮开水哩。"

"你在干什么？"

"我想写传记。"

百合子一脸认真。鲇太朗一时不知怎么夸姐姐忽然冒出的念头，说了句"挺好"。百合子还在等弟弟的话。鲇太朗问"为什么"，因为姐姐没回答，他又问："什么

5

传记？"

　　"自传。"

　　"谁的？"

　　"肯定是我的呀。"

　　鲇太朗撇下又对着电脑画面的百合子，去厨房看水烧得怎么样了。他坐在圆凳子上，呆呆望着煤气灶上的水壶。看着蓝色火苗烧着的、水壶侧面到底面的弧线，想起了莉莉的下巴形状。

　　水开前，鲇太朗站起来准备泡茶。说是准备，只是撕开立顿的小袋子，把茶包放进马克杯里。

　　昨天莉莉宣布分手以来，当他做一些极日常的动作时——给蚊虫叮咬处涂一下药、扯一下手纸、停下来等交通信号灯等等，鲇太朗就想，自己是为何而活着。每逢此时，他或者想起"希望"、"祝福"之类明快的词儿，或者在日头下奔跑，或者读书，就变得舒畅，可到处都会遭遇莉莉的影子。而这个影子堵住了他的去路。

　　鲇太朗察觉厨房充满影子，决定送两杯泡好的茶到桌子上，听姐姐说话。

　　"开始写传记了吗？"

　　"正迟疑呢。"

　　"迟疑什么？"

　　"开头第一个句子。想着该以什么开头。"

　　"一般是'某年某月，我出生了'——怎么样？"

"一般成那样可不行哩。"

鲇太朗端起杯子送到唇边。桌子边上，放着菊花形状透明烟灰缸。百合子和她丈夫应该都不抽烟的，可这个烟灰缸从他们搬家过来起，一直都在那里。

莉莉的房间时不时会有一股烟味儿。鲇太朗想起来了。并不是她自己带着烟味儿。一下子打开洗手间的门，或者摇晃窗帘、驱赶趴在上面的飞蛾时，就有这味道。鲇太朗推测，可能是她之前的男友吸烟。不知道那是个什么人，两人分手时，莉莉哭得厉害吧。这么一想，鲇太朗肯定又会产生必须完全谅解她的欲望。

百合子突然离座，鲇太朗吓了一跳。他想，也许自己对着烟灰缸的视线，被察觉到跟平时不同，混杂了某种东西。百合子在窗边站了一分钟左右，左右侧一下脖子，缓缓走回来。她坐下来，双手搁在键盘上。

"还是讨厌写文章。"

百合子眼盯着屏幕，说道。看上去生气似的。她婚前在业余剧团当女演员，声音正好像桌子上的烟灰缸一样，沉沉的、透明的。

"不写就完了呗。"

"可我想写传记。你觉得该怎么办？"

"拜托专业的人？"

"该怎么找？"

"在网上，或者打广告……"

"你帮我找吧？ 这你擅长嘛。大学里头有擅长此道的吧？ 帮我找吧，我付钱。"

　　百合子求人办事时，总是很认真。不行就不存任何幻想。

　　"我想试试做口述笔录。"

　　"明白啦。不过，口述笔录的句子是自己想的。"

　　百合子点鼠标，关了电脑。

　　"你最近……还好吗？"

　　车子驶过前面的路，听不清问题，但鲇太朗回答一声"嗯"。

　　"感觉还行？"

　　"嗯。"

　　"我忘了……她的名字。"

　　"莉莉吗？"

　　"就是她。"

　　约一个月之前，鲇太朗带莉莉来探访，把她介绍给姐姐。

　　"你别那么叫她。"

　　"为什么？"

　　"你想出来的？"

　　"大家都那么叫，所以……"

　　"我的名字用英语讲，也是莉莉，成一样的了。不过，那女孩子穿衣的品位不赖。"

鲇太朗想一起夸夸莉莉的优点，但决定先坦白。

"昨天分手了。"

"为什么？"

"她甩了我。"

百合子扳着鲇太朗单薄的肩头。

"为什么？"

鲇太朗回答不了。

"这么好的小伙，为什么？"

鲇太朗想在阳光里奔跑。

早上一进教室，从后上来的点点拍拍鲇太朗的头。

"早上好。"

"喔。"鲇太朗应一声，点点握拳捅两下鲇太朗的胳膊。

"怎么啦？"

"挺生气的。"

鲇太朗很为难，揪着耳后的头发。他衬衣左臂凹下了点点拳头的形状，但慢慢鼓起来，恢复原状。

"你不是跟踮脚立子在一起吗？"

鲇太朗没回答。点点总爱这样喊莉莉。她说，个子矮小的莉莉，在布告牌前总是踮着脚，她很烦莉莉这样。

"你前天跟立子在公园吧？ 我看见啦——我在烤薄饼。"

"看见什么？"

"拿着冰激凌走路。我想把你跟立子拍下来，给你们做月历。"

鲇太朗"嗯嗯"地点两下头，从双肩包里取出笔记本和水壶。

"立子还行啊，跟你的话。"

点点坐在鲇太朗旁边，把大大的手提包扔在桌面。袋口飞出文具盒。

"帅哥美女啊。"

她说着，定定看着鲇太朗的侧脸。想寻找什么证据似的，从鼻子下的凹处到眉毛稀疏处，仔细看。

如她所说，鲇太朗脸相还行。鲇太朗习惯被人看。也不费心去抗拒望过来的视线。所以，看的人可以厚着脸皮仔细打量。垂下视线的他得到同情。那副没自信的样子，唤起从前的亲切回忆。

上了年纪的教授进入课室，点点面向前方。她从小袋子里抓一把糖和字母巧克力，捅捅鲇太朗肋部，悄声说："要吗？"鲇太朗摇摇头，手握自动铅笔。点点缩回手，随即问："中午一起吃饭？"鲇太朗点头。

头发花白的教授让坐在最前面的短发学生朗读符号论的教材。学生像咽喉里哽着刺球似的，不时咳嗽。鲇太朗又开始想莉莉。感觉教室门上的毛玻璃外面站着莉莉似的，他望了好几回。

鲇太朗还没有放弃莉莉。从分手那天的傍晚到今天早上的约四十个小时里，鲇太朗给她写了好多次信，又感觉不行，收进抽屉。取而代之的是给她手机发了很随意的信息。每发一条信息，鲇太朗就觉得在莉莉的心头阵地获得一块地盘，但没有回信。

朗读的学生一阵猛咳。

必须做点事情，鲇太朗使劲想。

他没打算放弃莉莉，但得做点事情才行。否则，他害怕自己要变成绿色妖怪。所谓绿色妖怪，是他上幼儿园时热衷的、电视大英雄节目里的丑陋怪物。绿色妖怪的脸坑坑洼洼的，身上软绵绵，眼往上挑，嘴唇浮肿，绿色的双颊鼓鼓的，塞满世上一切憎恶和悲伤。被绿色妖怪喷了毒气，一辈子都要被憎恶、悲伤折磨。但大英雄总是身披斗篷从天而降，狠狠打击绿色妖怪，朝受折磨者微笑，送他一枚怪物的漂亮白牙。这就是解药。绿色妖怪自己嘴里头就有解药，它为何仍是绿绿的呢？幼年的鲇太朗不明白。

不过，现在该想一想。它只是没有寻找。绿色妖怪不知是因太郁闷还是嫌太麻烦，没有寻找治愈自己的东西。

学生猛烈咳嗽，声音回荡在教室里，仿佛台风直下的海的声音。

得找事干，鲇太朗使劲想。

为了将注意力从快要变为事实的失恋转移开，鲇太朗要认真为百合子姐姐寻找写自传的执笔人。

鲇太朗和点点在学校饭堂吃了午饭，就去学校的学生咨询室，领取了在布告栏贴招聘兼职的申请表。点点无所事事地跟着，但一进咨询室，就说了声"我去刷牙"，让鲇太朗帮忙拿着包，自己走掉了。

他从放透明胶带的台子上拿过连着绳子的圆珠笔，填写表格。

业务内容：自传执笔人（传主住市内，每周一次）

"待遇"一栏略作思考，写下"面谈"，填写完毕。

"你写的像是中文。"

点点一脸清爽地回来，从旁看着，说道。

"这是怎么回事？"

"招人嘛。"

"自传执笔人……写自传吗？"

"不是我，是我姐。"

"嗬，是你姐姐。"

"她好像悟出什么了。结婚了，有空闲。"

"噢噢，结了婚，就想写传记。"

"不是谁都会那样，我姐是那样的。"

点点玩弄着连在圆珠笔上的黑绳子。

鲇太朗再次举起表格仔细看。整体看来，字有点儿往左上方挤。

"偏一边了，重写比较好吧？"

"我觉得无所谓。"

"你觉得这样子会有人来吗？"

"难说……"

鲇太朗把表递给负责的工作人员。她咚地盖一下蓝色戳子，说"收到了"，放进了柜台上的塑料筐。鲇太朗确认了，就去旁边大楼的电脑室，在本地信息网的"正在寻找！"版输入与告示牌同样的内容，按回车键。

旁边查看电子邮件的点点问道：

"你下午没课吧？"

"没有。"

"一起去公园吧？"

"行啊。你不能一个人去？"

"一个人去的话，就想回来了。"

鲇太朗不明白点点是讨厌还是喜欢在公园里的薄饼店兼职。有时她很开心地说这是"自由平静、不用多说话的好工作"，但一旦要去公园了，总是心底里就不乐意。

"行啊，我去吧。"

他再次说道，点点高兴地笑了。

把点点送到橙色屋顶的薄饼店，鲇太朗在稍微离开一点的长椅坐下来，闭眼片刻，听周围干干的树叶子的声音。这一来，他不由得想要性交了。

跟莉莉，或者不认识的谁。

晚上，鲇太朗去了慎平的公寓。

慎平的房间又窄又暗。沙壁上贴着体态丰满的女人的海报。第一次来的时候，鲇太朗问这是谁，慎平答是"辛迪·克劳馥"。

辛迪·克劳馥总是从海报上打量这阴暗房间，像别人在议论她似的。鲇太朗每次看海报，总为说不出精到的评论而内疚。但是慎平一般都是摆出房间主人的架势，大咧咧躺在床上，在鲇太朗面前对辛迪·克劳馥不屑一顾。

很偶然地，两人因为名字在学生名簿上排得靠近，在入学后的新生培训时就在一起，关系自然就不错了。慎平要在深夜漫画咖啡店打工，几乎不上上午的课。因为今天不当班，所以二人难得地约了喝酒。

"莉莉好吗？"

慎平喝掉第一罐啤酒时说道。

"她还好，我倒被甩了。嘿，刚被甩。"

嗬，真的？ 慎平边开第二罐啤酒边说。

"不过，稍后再开始吧。"

"为什么？"

"我还喜欢她。"

慎平一边咕嘟吞下啤酒，一边眯眼看鲇太朗。鲇太朗拿起辣花生。

"不过，她呢？"

"不知……不知道。"

"不知道啊?来，加油！"

慎平说"好热"，伸手打开窗户。然后，补充一句："也叫上点点？"

"点点？"

"对呀。"

"为什么？"

"没特别理由，但她来了，不会闷嘛。"

"点点来过这里吗？"

"来过啊。"

鲇太朗"哦"一声，什么也没说。慎平突然认真起来，问道：

"刚才是松了口气，还是生气了？"

鲇太朗想了，想点点在这房间里跟慎平二人干了什么，心想总而言之是松了口气吧。但他还没说出来，慎平就说："骗你的，她没来过啦。"

"要是你马上就翻脸，点点就值了。"

鲇太朗什么也答不上来。

自那三天之后，收到了电子邮件。

应募者不是看了大学广告栏，而是看了地区信息网页的"正在寻找！"栏。电邮只写了简单的寒暄和"我对网

15

页上说的工作有兴趣，请告知详情"，就发来了。应募者叫儿鸟美津子，从文字判断，她性喜简明。

"我找到写自传的人啦。"

鲇太朗打电话给百合子。

"骗人吧？真的？"

"真的。接下来呢？"

"接下来么……是个什么人？"

"姓儿鸟的人。"

"女的？"

"嗯。"

"她怎么说？"

"想知道详情。"

"是嘛。就是听我口述，再弄成自传而已。"

百合子的声音突然变得怒气冲冲似的。

"我觉得她也想知道钱方面吧。"

"钱？对呀，这得看质量吧……"

"就说写得不好不给钱？"

"这样不行吧？怎么办呢？"

"简单按小时算？"

"不过，一个小时她也写不了一页的话，该怎么办？"

"定下最低页数？"

"可是，重要的不是页数，是内容吧？"

"那就时薪加上完成质量？"

"哎呀呀，搞不清楚。好吧，先见了面再定吧。"

"要她什么时候来？"

"说后天试试？不行的话再晚一天。再不行，再晚一天。"

"明白。"

鲇太朗就这样写了电邮，发给儿鸟小姐。

鲇太朗和儿鸟小姐相约在最靠近百合子家的电车站碰头。虽然已感受不到日间的熙攘，但离傍晚还早，是半早不晚的时间。

鲇太朗拉拉衬衣的衣裾，视线在往来行人中逡巡。儿鸟小姐一出检票口，径直走向鲇太朗，问道："您是中里先生吗？"

"是的。"

"我是儿鸟。"

"啊，不好意思。"

鲇太朗此时有一种发自内心的难为情。不由得低头致歉，但随即缓过来了，对她笑笑。鲇太朗为掩饰害羞的笑脸应该对谁都灵的。但儿鸟小姐只是简短说声"哪里"而已，等他说话。

"那就走吧？"

"好的。"

"我在邮件上也写了，想写传记的是我姐。从这里要走十分钟左右，不要紧吧？"

"不要紧。"

儿鸟小姐拉拉肩上的褐色真皮挎包。脸色有点差。

"我姐有点特别，不过很有趣的。"

两人并排走着，鲇太朗开始解释百合子的性格，希望对方见雇主前放松点。但儿鸟小姐的回答翻来覆去就是"哦"、"是吗"、"应该是吧"、"明白了"四句话而已。

儿鸟小姐戴有框的眼镜。框的颜色一眼看去是黑色的，但改变角度的话，一会儿蓝色，一会儿绿色。鲇太朗对她说话时，用余光悄悄观察她。眼镜框里的儿鸟小姐眼睛小小的，像鹌鹑蛋似的圆溜溜。头发扎在后面，露出漂亮的前额发际，但有点上挑的眉毛没定型，仿佛要涂点清漆保护才稳当。儿鸟小姐既不像百合子那样天生亮丽，也不像莉莉那样青春勃发，只给了鲇太朗"这个人办事认真"的印象而已。他也想到"太认真也许不行"，但又觉得，从中调和正是自己该做的事情，不由得握握拳头。鲇太朗边走边拿定主意：自己的工作，就是让这位做事认真的女士在姐姐面前不退缩，百分之百发挥能力。

百合子预备了蛋糕等着。鲇太朗让儿鸟小姐坐在 L 形沙发的长边上，自己坐在餐桌的椅子上。百合子端来放了蛋糕和红茶的托盘，她瞥一眼鲇太朗，直接走向沙发。

"谢谢你今天过来。"

听百合子这么说，儿鸟小姐说"哪里"，低头致意。

"请尝尝蛋糕。"

儿鸟小姐回答"谢谢"，但并不动手。鲇太朗心中翻腾，他觉得自己得有所作为。

"那我先自我介绍：我是近藤百合子。我想写自传，正在找一位帮忙写的人。请多关照。那么，儿鸟小姐没问题吧？"

"没问题——哪个方面？"

鲇太朗不禁在后面插话道。

"时间呀，工作内容呀等等方面。"

百合子回过头来，快捷地说。鲇太朗刚说"所以嘛，就要说说内容……"，儿鸟小姐开口了：

"噢，我觉得没问题。"

"是嘛。"百合子嘴巴一撇，摆出笑脸。

"那个，工资方面……"

鲇太朗从椅子站起，坐到百合子旁边。因为是 L 形沙发的短边，两个人坐就显窄。斜着瞧他们的儿鸟小姐比在外头看更苍白了，她像头一次家访的新老师一样，脸紧绷着。

"哦，对了，这方面嘛，有时薪制和按量算，哪种好？你觉得呢？"

"不好意思。一天需要做多长时间呢？"

"对呀。儿鸟小姐的工作几点下班？"

"每天五点十五分。"

"那么，至多一个小时左右吧。完了之后，一起吃晚饭吧。我会做好饭。"

"嗯，我每周星期四不当班。星期四下午的话，能做五六个小时。"

"五六个小时？那么多？"

"不过，这样子会早完稿吧？"

"是呀，也许这样好。那就时薪制吧。你也不像耍滑头的人。"

"对，我不会的。"

鲇太朗以裁判的态度听着二人之间的对话。百合子突然起身离开了房间。儿鸟小姐虽然手拿红茶杯的把，却没有端起来喝。鲇太朗因为有了空间，不自然的姿势得以放松。这一来，他就可以比刚才更靠近看儿鸟小姐。

夕阳透过蕾丝窗帘，在她平板的脸颊上投下了复杂图案的朦胧影子。儿鸟小姐没有动。

这时，只要姐姐关上的门不打开，屋里的任何东西都会一动不动——这种奇特的紧张感撞击着鲇太朗的身体。

鲇太朗的视线不能从儿鸟小姐移开。她盯着杯里红茶的脸，像从前在奶奶家里见过的圆头圆身小木偶人。而这个小木偶人的眼睛在动，抓住了鲇太朗的视线。小木偶人的嘴巴慢慢向旁边拉，眼角有两条细细的皱纹。一时间，鲇太朗弄不清是奶奶家玻璃盒子里的圆头圆身小木偶人向少年时代的自己微笑，还是眼前圆头圆身小木偶人似的人在微笑。

门开了，百合子手提虎皮鹦鹉的笼子和台历返回来。

"我养这个——小咪咪！"

百合子把鸟笼放在儿鸟小姐跟前给她看，鹦鹉轻轻振翅。小鸟色彩鲜艳，像黄色、绿色涂抹在一起似的；但笼底散落着掉下的鸟食和黑乎乎的鸟粪。

"我们说干就干吧，从下周四开始过来吗？"

百合子把蛋糕推一旁，鸟笼放在桌子中间，没等回答就在台历上做记号。

"好的。几点钟上门好呢？"

"嗯——那就中午一点钟开始吧。"

"明白了。"

"我也来行吗？"

鲇太朗开了腔，他发现喉干。他看见两个女人嘴巴咧了一下，不知是笑还是生气。

"行啊，没什么。"

百合子一回答，儿鸟小姐像打了信号似的缩回杯子上的手指，握着搁在脚旁的袋子提手。

"那，周四就请指教啦。"

百合子送儿鸟小姐出门。

鲇太朗独自待在客厅，盯着在小木条上扑腾的虎皮鹦鹉。刚才静止的时间里，它也这样活动着吗？他挺佩服的；但过了一会儿，他醒悟到鹦鹉是之后才来的。

二

数完窗帘织眼前不准外出。

刚上小学的鲇太朗，曾被三位姐姐命令一整天数窗帘的织眼。

出这种馊主意的，总是百合子。

百合子最喜欢强迫小弟弟数莫名其妙的东西，比如梨子皮上的小斑点啦，饭团上的鳕鱼子啦。鲇太朗很顺从。父亲死得早，他决心给家里女人们帮点忙。三位姐姐之中，百合子最漂亮。鲇太朗就更不能违抗她的命令。

她是在妈妈上班期间让鲇太朗数数的，所以在房地产公司当文员的妈妈担心着儿子既没学习也不读书，两眼视力却在下降。大姐藤子没事干时，也参与妹妹耍横，但有一天，她突然发现这游戏要不得，就批评了百合子。三姐桃子得益于弟弟降生，使自己逃脱了在姐妹中受欺负的角色，但对这种事有点内疚似的，即使一起欺负鲇太朗，也不时显出尿尿时的奇特表情，所以百合子想着花样欺负鲇太朗时，私下里对这个妹妹带着戒心。

有一天，藤子逃了吹奏乐部的练习，比平时早回家；她看见客厅铺了一地报纸，鲇太朗手拿红色笔趴着看。报纸上到处有红色的记号。仔细看，报纸上所有的"を"都圈了起来。鲇太朗抬头看看姐姐，喊了声"对不起"。藤子扳过弟弟的脸来。

鲇太朗眼睛通红，跟报纸上的红圈圈一样。

"你在干什么？"

"数'を'。"

鲇太朗说着，在空中给发出的"を"画个圈圈。

"为什么干这个事呀？"

"是百合子姐姐……"

"百合子要你干的？　别干啦别干啦！"

"可是，我不干的话，姐姐会很生气呀。"

"不生气的，百合子只想给你下命令而已，因为那些红圈圈完全没有意义的。混账百合子。这孩子以后得倒大霉。这个爱耍威风的笨蛋。让妈妈揍她。"

"可是，我都数这么多了。眼睛是痛得难受，可这么多'を'都已经……"

"你难受也不哭出来，谁都不知道！　别人以为是你自己爱这么干的。"

鲇太朗想哭，但眼泪出不来。

于是他想，也许自己不是太难受吧。

跟十几年前比，现在的百合子圆滑多了。对历任的男朋友，至少在最初是尽量对人家好的。

鲇太朗上了大学，虽曾崇拜这位姐姐，但至今他心底里还是怕她、尊敬她，想尽量给她帮忙。

儿鸟小姐结束面试离去后，百合子说"这个人及格"，拍拍鲇太朗的头。

"挺好的，看来人不错。"

鲇太朗松了口气：看来百合子满意自己领来的儿鸟小姐。

"挺像回事嘛，那个人。蛋糕也不吃。不爱吃零嘴吧。"

百合子从冰箱取出自己那份蛋糕，儿鸟小姐留下的蛋糕推到鲇太朗跟前。

"吃呀。"

"哎，就定她了吗？"

鲇太朗这么一追问，"这个嘛，"百合子以手托腮。

"定不了？有什么不放心的地方吗？"

"这个人不错。只是，我还拜托了桃子。"

"还跟小桃说了？"

"她的练习馆来了很多大学生呢。说是其中一个挺好的，稍后过来面试。是个男孩子。那家伙好像对桃子有意思。"

百合子嬉笑着说。鲇太朗条件反射似的要倒退——那笑仿佛是播弄经典的阴谋诡计。

"那，你要见他吗？"

"怎么办呢？ 我想敲定那位儿鸟小姐的，但也想见一见这一位。"

"为什么？"

"人家喜欢那个说话没谱的桃子嘛。说是为了桃子才来参加爵士舞班的。恶心吧？ 你不想见吗？"

"哦，也不算，这么说也……"

"桃子也算有几分姿色啦。可她心太高。就算脑子好、有线条，但找大学生还是不行吧。"

"反正不行的话，见了也白见。而且，既然都定了别人，还让人家跑一趟，对人家不好……"

鲇太朗的话尾含糊掉了。桌子上，鹦鹉小咪咪不停地扇动翅膀。

"你也是个认真的人呢。"

百合子吃完蛋糕，拿起无线电话，拨通了。对方是桃子，百合子告知自传执笔人已定下来了，之后还聊了快半小时。

点点把毛线帽子拉得很低，伸手到鲇太朗后背。

她想跟平时一样，在他两胁环抱一下，试试他身子的厚度。她想象自己抱在鲇太朗身前的手握得紧紧，最好有人在上面按上图钉，再也不放开。然后，勒紧他腹部，确认一下他瘦了多少，哪一块会缩下来护住命门。点点早就想看鲇太朗很痛的模样。

26

但是今天，她也就是用手掌推一下鲇太朗后背而已。

"怎么，是点点你呀。"

鲇太朗回头，眼睛下方有浅浅的阴影。太阳当头照，他眯着眼睛。

"鲇太朗，你没睡吗？有眼袋啦。"

"哪里，我睡了。"

"是吗？是吗……"

二人横穿过学生食堂前的红砖广场，并排走去教学楼。

其间，点点独自回味自己跟鲇太朗从公寓门口一直走过来的错觉。虽然风吹起额发，或者踢中小石头的声音都容易打搅这种错觉，但她还是牢牢抱着它不放。

"点点，早上吃什么啦？"

鲇太朗一句话，就让她甜蜜的错觉在头顶结成一小团，摔碎在脚下的红砖上。

"吃面包。"

"什么面包？"

"加馅面包。你呢？"

"还没吃呢。我买一下奶咖好吗？"

鲇太朗往自动售货机塞十日元的硬币，点点站在他身边。点点从旁死盯着他眼睛下方的眼袋看，不大习惯他这个样子。

"哎，我说，你找着写自传的作家啦？"

塞入九枚之后，有了"咯噔"一声响，鲇太朗在自动

27

售货机前弯下腰。

点点希望他的身体就那样团起来，跟奶咖一起塞入狭窄昏暗的空间里。

"哦，找到啦，那人正合适。"

"嘿，还真有这种人啊。我还以为你那广告根本没人会理哩。"

"会吗？ 要是那样你当时得说呀，我会改的……"

鲇太朗吸插在纸盒上的吸管。白色吸管自下而上变成浅棕色。

"来了个什么人？"

"嗯……挺认真的人。"

"认真的人？ 怎么认真？"

"戴着眼镜的。"

"女的？"

鲇太朗点头。

"是个认真的、戴眼镜的人。那样的人，你喜欢？"

鲇太朗嘴唇不离吸管，侧眼看一下点点。然后，嘴唇离开吸管，说道："一般般。"

铃声响起，二人快步走向教学楼。朝阳下低矮的白色建筑物，看起来也像一所医院。方形窗户里的学生，变成活动的晦暗影子。但在鲇太朗的眼底里，呈现出夕阳中的圆头圆身木偶人的笑容。自那天以来，无论他走到哪里，这情景必跟眼前风景轻轻重叠，让他把现实风景看成梦幻一般。

　　一进入教学楼，右手边的布告栏前，一个苗条的背影踮着脚在看调课通知。点点发现了她，一瞬间停了步，拉住鲇太朗袖子。他被点点扯着衣袖走过她身后，但莉莉的淡紫色衬衫后背，也映出圆头圆身木偶人的笑容。

　　星期四，傍晚的课一完，鲇太朗赶往姐姐家。

　　搭电车期间，鲇太朗坐立不安地交替盘腿，心中念叨着荧光显示的下一站站名。真希望像抽去杯子下的桌布一样，把这紧张刷地扯掉。每次电车晃动，他就夸张地摇晃身体试试，但紧张非但没被弄走，还更厉害。因为正接近下车的站。

　　到百合子家，大门口灯已经亮了。小院对面，看得见客厅灯光。按了门铃，过了一会儿门打开，系着细发带的百合子从门缝露出脸。

　　"来啦。"

　　百合子卸下门链，没跟鲇太朗客套，匆匆返回客厅。

　　一对黑色女式浅口鞋冲门口摆着，两边是凉鞋和褐色皮鞋，鞋尖没并拢。女式浅口鞋趴在地上，仿佛是它自己确定了方向似的。鲇太朗脱下周末洗过的旅游鞋，尽量放得离它远一点。

　　"打扰啦。"鲇太朗打开客厅门，见百合子躺在沙发上，双手抱在脑后。饭桌上摆着笔记本电脑，儿鸟小姐面壁坐在电脑前，头发结成一束。

"还有一点就完，别打扰我们。"

百合子躺着说，但鲇太朗不知道坐哪儿不会打扰，"嗯"一声，还站在原地。这时，儿鸟小姐转过头，给他拉开旁边的椅子，说"请坐"。她的额头跟之前一样暴露着，那种暴露无遗的感觉让鲇太朗抬不起视线。

鲇太朗侧身坐在旁边，他窥探笔记本电脑的屏幕。屏幕的白色四方形中，横列着十几行字，诸如"生中的死"、"死在任何地方都有"、"死了之后变得伟大"等等。

"天花板……嗯，没错，天花板……死神……死神把梯凳……"

儿鸟小姐听着百合子梦呓似的话，移动手指头。最后一行加上了"死神、天花板、梯凳"。

"那是什么意思？"

鲇太朗一插嘴，百合子欠起身瞪他，说："别吵。"鲇太朗感觉旁边的儿鸟小姐也瞪了他，低头说声"对不起"，没发痒，也忍不住抓脖子了。

之后三十分钟左右，百合子说话、儿鸟小姐敲键盘的场景不断重复着。其间，鲇太朗想依次解释电脑屏幕上罗列的不祥之语，脑子却变得沉沉的，就中途放弃了。

"来，该吃饭了吧。"

到了六点半，百合子站起来，使劲拍打长裙的屁股部位。儿鸟小姐点击了关机，说"关电源了"，略微抬起脸，闭目一会儿。

鲇太朗从旁盯着她的眼皮曲线看，百合子则在看他。百合子于是醒悟弟弟要把那曲线补充入重要记忆的单子里。她静静离开客厅，进了盥洗室。

百合子一边按出泡沫状肥皂洗手，一边生气地想起：这孩子总是喜欢比他大的女人。那肯定是我们之过。家里净是女人，欺负他、指望他、爱他，所以他到现在还寻求那样的女人。为什么会那么直接地受到成长家庭的影响呢？不光那孩子，每个人的喜好，都不是自己能够选择的，最终是小时候一起长大的人、家、附近环境无形中决定的。这就是说，成长于什么人中间、什么地方，决定了那个人之后的人生选择，无论个人怎么觅得对象建立新家庭，被人家植入了喜好的个人，最终还将建立起同样的家庭。就说我自己，终于脱离那个家的圈子，跟丈夫一起独立成家了，但实际上也不是过着自己选择的生活，而是宿于我身体之中的那些人选择的生活。此刻，鲇太朗盯着那女人的侧脸。可让他这样子的，却是欺负他、指望他、爱他的我们……

百合子擦擦手，提心吊胆地在镜子上照出自己的脸。确认只看见熟悉的自己的脸后，心里有底地走向厨房。鲇太朗和儿鸟小姐在饭桌前坐的姿势跟刚才完全一样。钟显示六点三十二分。当她明白边洗手边回顾人生只是两分钟之间的事情时，百合子更放心了。刚才思考的延续，说不定会体现在自传里头呢。

"来，吃饭啦。想吃啦。"

姐姐一声招呼，鲇太朗站了起来。儿鸟小姐睁开眼睛，连打了两次小小的哈欠。

鲇太朗进了厨房，把保温瓶里的东西盛到大碟子上，饭粒还成团的，不知是早饭还是昨晚的剩饭。百合子在上面浇了咖喱，像托着飞碟一样轻盈地放上桌子。

"喜欢咖喱吗？"

百合子一问，儿鸟小姐答道："对，不讨厌。"

"那就好了。"

"我算喜欢的。"

"没人讨厌咖喱吧？有这样的人吗？鲇太朗，你知道有这种人吗？"

鲇太朗在餐台对面给三个杯子倒牛奶。

"我不知道呀，讨厌咖喱的人。"

百合子把牛奶杯摆在咖喱碟子旁边，准备好开饭，说一声"吃吧"，就把匙子扎进米饭里头。

鲇太朗慌忙合掌说"开动啦"，向儿鸟小姐显示没规矩的只是姐姐而已。他瞥一眼斜对面的儿鸟小姐，似乎她正好也说了"开动"，双手正放下来，右手拿起桌布上的匙子。也不知她何时喝的，就她的杯子只剩一半牛奶。

"作为头一天，今天进展顺利。"

百合子停下拿匙子的手，说道；儿鸟小姐停住，鲇太朗也停下。

"是吗？"

"我回想起种种事情啦。"

"只是回想起？"

鲇太朗摆好架势怕她又生气了，但百合子回答他：

"写自传嘛，首先得回想起来才行。"

"上面写的是什么？"

鲇太朗指指桌子旁收起的笔记本电脑。

"标题呀。我想了很多。"

"咦，那些是标题？ 好像都很灰暗吧？"

"我的人生是很灰暗啊。"

"真的？哪方面？"

"很灰啊。"

百合子皱着眉头使起了匙子。在乏味的沉默中，鲇太朗又窥看儿鸟小姐。

儿鸟小姐学着默默进食的百合子，匙子频频往嘴里送。鲇太朗发现她杯子里的牛奶少了许多，就起身去拿冰箱里的牛奶盒，往她杯子里倒。儿鸟小姐说声"谢谢"，一口气把刚倒的奶喝掉了半杯。鲇太朗迟疑了一下，又给她加到刚才的位置。这回她只说"谢谢"，没喝。

饭后上了葡萄。是狠一狠心才会买的大粒的巨峰葡萄，放在篮子里，谁都能画成很棒的静物画。儿鸟小姐并未像眼前的姐弟一样直接将葡萄送到嘴边。她灵巧地用指甲剥开皮，吃得小心谨慎。

吸着柔软的葡萄肉，鲇太朗感到一种诱惑，想在儿鸟小姐面前把葡萄一颗一颗捏破。不在乎透明的汁液四溅，指甲缝染成紫色，让她看看手指间汁液淋漓，吓她一跳。

"回家路上，她拥抱我了。"

星期一，在慎平的房间里，鲇太朗仰望着辛迪·克劳馥的海报，咬咬牙说了出来。

慎平吃了一惊："真的？"他想象了一下在车站前过了交叉路口处，鲇太朗跟戴眼镜、似乎并非美女的那个女人拥抱的情景。配上童谣《走过去吧》的旋律。

"然后？"

"然后，去了她家。"

"厉害呀，眨眼之间。"

鲇太朗是想解释那里发生的一连串事情，但迟疑着是不是都说，就等着慎平来问。慎平重复了"厉害呀"，见鲇太朗总不开口，就催促他说明："然后又怎么啦？"

鲇太朗慎重地说起来。他想措辞上尽量无损儿鸟小姐的尊严，但无论怎么说，感觉她的尊严被自己的舌头嘲笑、磨蚀。

"那个人，几岁？"

慎平被镇住了似的问道。

34

"不知道……我没她的履历表。"

"她好久没碰男人了吧？"

"我觉得是。"

"你得负起责任吧。那种女人，一旦意识到了，会像爬山虎似的占据你的身心，可难逃脱了。没关系吗？行吗？"

"行啊。我喜欢她。"

鲇太朗对着辛迪·克劳馥说道。

慎平不能看好友的脸。他站起来，打开冰箱。膝盖以下感受着凉空气。冰箱里冻着瓶两升的百事可乐、面包和人造奶油。慎平取出面包袋子，放一片进电烤炉。

"吃面包吗？"

鲇太朗呆呆看着招贴画，答了声"吃"。慎平把面包片竖起来，又从袋子拿一片放入。然后他把按钮调到"五分钟"的标志上，看见里面亮起橙色的光。

电烤炉渐渐变热，开始烤面包。

鲇太朗这家伙，竟然说"喜欢"一个没姿色、年龄又不清楚的女人！ 这么说，他对莉莉是无所谓了吗……他是说，比起那个漂亮的莉莉，那个女人更好吗……慎平一边想，一边看着电烤炉里的面包。这一来，他发现这么用心看烤面包好像是头一回。他心一动，心想这世上自己没参与的事情还很多呢。

电烤炉"叮铃"一声，里头黑了。打开电烤炉，并排的面包片跟烤一片时不同，烤得不均匀。慎平把面包片放在碟子上，跟人造奶油一起拿到鲇太朗身边。

"那你打算怎么样？"

慎平把面包片竖着撕成小块，把前端在人造奶油表面抹一下，放进嘴里。人造奶油上有以前刮出来的垄。

"我厌恶自己。"

鲇太朗嚼着面包片一角，说道。

"为什么？"

"我忘不了莉莉，刚下了决心要找回她，转眼就喜欢上别人，干了要干的事情。"

"所以呢？"

"我这人意志薄弱。我讨厌这种人。"

"可是，就目前状态，谁都不坏吧。你好自为之。"

"是这样吗？"

"不是吗？"

慎平把最后的小块往人造奶油的垄上一摁，再丢进嘴里。

鲇太朗呆呆看着啃掉了四角的面包片。四个角上都带有完全相同的牙齿印。他从中看到小小的希望。

"下次啥时跟她见面？"

"今晚……往下我就去公民馆接她。"

"公民馆？"

"她说在公民馆上班。"

"哦。我也去行吗？"

慎平看鲇太朗"啊？"地苦思拒绝的理由，反而不好收回。

"看看了事。不需要一起吃饭什么的，一看见她出来，我就往回走，去打工。"

"可是……为什么呢？"

"我也没事干嘛。"

慎平觉得自己的回答很没劲。

儿鸟小姐上班的公民馆在大学旁边。

二人在公园前站搭巴士，离终点站两站时下了车。虽不靠海，风却湿乎乎的。街道、房子都白白的，像是浅浅地覆盖了一层雪。

巴士开走后，周围安静下来。路不算窄，车辆行人却不多。向公民馆走去，拐过弯，有鸽子从眼前飞过。鲇太朗也好，慎平也好，感觉第一次知道鸽子会在傍晚飞似的，没说话。

"就那边。"

住宅区里头可见一个小门，鲇太朗指着说。

"你来过吗？"

"没有。"

"路很熟嘛。"

"周末来探过。"

慎平打量四周，看在哪里等她；但公民馆周围既没有咖啡店，也没有歇口气的公园，净是白白的房子矗立着。

"她几点下班？"

"五点十五分。还有二十五分钟。"

"还有时间呢。"

"啊！"

"你怎么啦？"

"别慌啊。"

慎平还是不能看好友的脸。他摸摸旁边的墙，读出写着"宫之内"的那家人的名牌。

"好名字嘛。"

"嗯？"

"这家户主看来姓宫之内。"

然后两人沉默了。到了五点，鲇太朗说"还有十五分钟"。到了五点十分时，他说"还有五分钟"。是烤面包的时间长度。慎平回想起电烤炉映照厨房的微弱的光。

慎平抬头，见鲇太朗脸上涨红。这时，在慎平视野里，白白的街道突然带上了烤面包的那种暖色。

"我得走了。"

慎平觉得连自己的声音都有了那种暖香的味儿，他快步离开。

鲇太朗向他的背影发问："为什么？"但慎平头也不回。等慎平拐过弯看不见了，鲇太朗把视线回到手表上，自言自语："别慌啊。"

　　儿鸟小姐脱下橡胶室内鞋，换穿黑色皮鞋。
　　走出职员使用的门口走向院门，看见了如约等着她的鲇太朗。儿鸟小姐抬起右手打招呼。然后她走过去，留意步子别急。
　　"辛苦啦。"
　　鲇太朗低头致意。然后再看儿鸟小姐的脸。儿鸟小姐握着结成一束的头发，用手指梳理到发梢。鲇太朗看着她的动作，又感觉嗅到大海的味儿。
　　"让你久等啦。"
　　儿鸟小姐说完，就紧闭双唇。鲇太朗也是同样面孔。
　　"那，我们走吧？"
　　"好的。"
　　间距相等的白色街灯指示了通往巴士站的路。二人沿街灯步行。没多久，儿鸟小姐咯咯响的脚步声就让鲇太朗想起了挂在海边别墅的挂钟的声音。
　　海边别墅是已故的父亲从亲戚手上便宜买来的，现在已婚的藤子跟家人住着。一想三个姐姐中较温和的藤子，和六口之家曾在那别墅度过的假日——鲇太朗不记得了，但他的心还会跟发面包一样膨大起来。而儿鸟小姐的鞋声，就像小小的巧克力屑，轻轻落在这膨大起来的心上面。

"接下来，要怎么样？"

鲇太朗被儿鸟小姐这么一问，愣了一下。

"嗯，吃饭吧？"

"那好啊。"

儿鸟比鲇太朗领先半步走着。

"有好吃的店。"

"在哪里？"

"倒是在学校附近。"

"那坐巴士吧。车已经到了那边交通信号灯了，得赶紧。"

儿鸟小姐走的速度更快了。鲇太朗追赶着她，看着她的发束在后背上弹跳。

抵达巴士站，刚好巴士也到了，二人在车子最后面的座位坐下。

"三十分钟，才出一班。"

"这路巴士吗？"

"对。"

儿鸟小姐一边答，一边把月票收回手袋。她的指甲短、粗糙。可能是走得太快吧，喘着粗气。

"因为这边，是乡下。"

儿鸟小姐的气息里有酸酸的加奶咖啡的味儿。

巴士开起来，鲇太朗望向窗外。白色的街道消失在昏暗之中，只有街灯和商店的招牌灯饰漫漫延续。时而可见的红灯信号感觉很晃眼。

"挺奇怪的，这一带有点海边小镇的感觉。"

"是吗？为什么？"

"我也说不清。我来的时候，感觉下了车往右边一拐，就会看见海了。"

"很遗憾，没有海呀。这一带连河呀池塘呀都没有。"

"嗯……"

鲇太朗停住了。

"什么事情？"

"你喜欢海边小镇吗？"

"为什么这样问？"

"我一个姐姐住在日本海的海边小镇。到了冬天，一起去好吗？"

"好啊。"

儿鸟小姐看着留下了湿鞋印子的地面答道。

快吃完饭的时候，儿鸟小姐因为喝多了梅酒，更少说话了，直到最后她都端正地坐着。

可是，她制止说要付钱的鲇太朗，自己结了账外出之后，全不理会鲇太朗道歉说"不好意思，破费了"，独自跑向对面马路。鲇太朗慌忙追上去，担心哪里做得不对；但他一看，儿鸟刚才变得红红的脸，现在苍白起来了。

"不要紧吧？"

鲇太朗想抓住她的手，但她的手像莼菜一样一下子滑脱了。鲇太朗不禁把手心照着街灯光线，看自己的手心是不是湿的。

"不要紧。"

儿鸟小姐俯低着头说。然后，她又再次跑起来。

"哎，儿鸟小姐！"

鲇太朗又想去追，但见儿鸟小姐在杜鹃丛里弓着腰，就停住了。

鲇太朗来到一旁看护着她，又问了一次"不要紧吧"。

"不要紧。"

"不过……"

"已经稳定了。感觉还行。我再过一下就能走，你在那边等我吧？"

鲇太朗想上前摩挲她的后背，但还是照她说的，站在那里看着。几秒钟后，又听见儿鸟小姐难受的声音，有水溅出的声音。那喘息声让鲇太朗心里怪异地不安。黑乎乎的杜鹃花丛中浮现的瘦长背影，像花岗石般沉重僵硬。

"我去买点东西来好吗？水什么的。"

"不用。"

儿鸟小姐手撑膝盖站起来。她从扔在地上的手袋里取出手帕，擦擦嘴角和裙子。然后，她带着凶巴巴的表情走到鲇太朗跟前。

"走吧。"

刮起了凉风。儿鸟小姐的厚开襟毛线衣上粘了碎叶片。裙子还是脏的。鲇太朗脱下自己的毛线衣给她披上，赶紧跑去拦出租车。

二人在儿鸟小姐的公寓前下了出租车。看起来她已基本恢复了，但似乎低头会不舒服，她把手袋递给鲇太朗，让他拿钱付车费。

儿鸟小姐进房间洗过手，从电视机下的抽屉拿出药，不用水便服下粉剂。

"我稍微休息一下。"

"要泡茶吗？"

"现在不用。"

脏了的开襟毛线衣和裙子，她都没脱，就躺在窄窄的沙发上。鲇太朗无事可做，在房间门槛处磨蹭。

"鲇太朗君。"

"嗯。"

"你可以烧水洗个澡。"

鲇太朗依言去到浴室，用那里的泡沫洗涤剂和海绵洗好了浴缸，按了"自动放水"的按钮。他想在水放好前刷个牙吧，但杯子里插的两支绿色牙刷之中，他不知道哪一支是自己用的。鲇太朗打开镜子后的储物柜。之前的晚上，儿鸟小姐是从那里拿鲇太朗用的牙刷。看来牙刷都买了绿色的，镜子后密密麻麻放着几十支没开封的绿色牙刷。

"厉害呀。"

鲇太朗独自嘟哝道。然后他关上储物柜，看自己镜子里的模样。他"咦——"地咧开嘴查看，发现门牙缝里塞了白白的东西。最终，他从牙刷毛叉开的程度判断，拿了较新的那支，小心地刷牙。然后，他脱掉衣服进了浴缸，但热水还没到半缸。正洗头时，突然响起音乐声，一个女声告知："洗澡水烧好了。"

走出浴室时，鲇太朗见新睡衣和平脚裤跟毛巾一起放在洗衣机上，他心中感激。他边擦干头发边走进客厅，见儿鸟小姐挺直背坐在沙发上看电视新闻，之前的事情仿佛没发生过。

"我洗好了。"

"哦。"

儿鸟小姐瞥一眼鲇太朗，又专注于电视。看她的举动，鲇太朗心中一紧：也许今天不该来吧。没错，她是身体不舒服，但一句也没提"可以来"。他的肌肤感受到一丝新睡衣的寒意。

"我回去为好吧？"

鲇太朗说道，注意不要有同情的语气。儿鸟皱起眉头。

"为什么？"

"嗯，好像……"

"你想回去？"

"哪里，才不是呢。"

儿鸟小姐又专注于电视。

鲇太朗在她脚边坐下来，一起看高层公寓火警、抢劫杀人、货车追尾的新闻。他感觉儿鸟小姐的手触到他的湿头发。

与其说是触摸，毋宁说是在探查埋了什么似的，较真而直接。

三

　　早上，儿鸟小姐让鲇太朗坐在厨房的椅子上，泡了薏苡茶。然后独自麻利地忙着出门的准备。

　　两人醒来后，一次也没有对视过。

　　但是，在洗脸间梳洗的儿鸟小姐和坐在厨房佝着背的鲇太朗，就像通过红外线测温仪一样，呈现多彩的光进入彼此的视界。仿佛连干衣机的暖风和薏苡茶的热气也带上了颜色。

　　儿鸟小姐的厨房设备虽小，但比百合子家完备得多。调味料整齐地收在架子上。冰箱上没贴任何纸条。鲇太朗喝着茶，瞥了一眼洗物槽下的收纳柜。他想，跟镜子后的牙刷一样，拉开看的话，里面也是什么东西塞得满满吧。

　　"可以走了？"

　　儿鸟小姐穿着短短的圆领开襟毛线衣出来，问道。

　　"可以。"

　　鲇太朗喝掉茶水，站起来。她眯起眼睛。

　　"不好意思，我早上想一个人走路。你先出门好吗？我过五分钟离开……"

　　两人在玄关道别。门关上前，鲇太朗下了决心问道：

"今天也可以来吗？"

"行啊。"

儿鸟小姐答道。他看见她身后挂钩上的衣架晾着她前一晚穿的毛线衣和裙子。

鲇太朗感谢"昨天的延续是今天"这一理所当然的事情。

他迈步走向巴士站，但每走十步左右就回一次头。回头了好多次，儿鸟小姐的白色公寓还没有消失。

听课中间，鲇太朗脑子里不时冒出昨晚的儿鸟小姐和周四晚上的儿鸟小姐，搅乱他的注意力。

片片断断的回忆不断收拢其他片段，聚拢起来，因过热而炸开；鲇太朗忍受不了针扎似的疼痛，在笔记本上潦草地写她的名字。自己太快喜欢上儿鸟小姐，快得能写诗了！蓝色圆珠笔机械地动着，线格笔记本上满是她的名字。

可莉莉究竟到哪儿去了呢……即使看见她在教室第二排就座，鲇太朗已经没有任何感觉了。这几天狂恋儿鸟小姐，其他情感已无插足余地。他不觉得那单纯是年轻人一时冲动。他感到，若真要思考其中理由，仿佛非得连人类起源、当今的世界经济问题都一起包括在内，才能得出答案。

这次恋情给他带来了壮阔的感觉，仿佛被卷入了地球规模的计划里。

蓝色笔写出的儿鸟小姐的名字绵延不断出现，鲇太朗的心潮螺旋状上升。

他这背影，点点和慎平分别在三排和七排之后看着。

"鲇太朗！"

下了课，鲇太朗来到红砖广场，二人几乎同时喊他。鲇太朗对二人平等地微笑。

"慎平，还有点点。"

"下面还有课吗？"

点点问道，她戴着毛线夹克的兜帽。兜帽完全遮掩了她的短发，几乎连脸都遮住了。

"冷吗？"

慎平问道，但点点没回答。她反而"哎、哎"地催促鲇太朗回答。

"有啊。媒体传播学。"

"我没选这个课。"

"我选啦。"

点点往后一拨兜帽："这样啊。"她没跟慎平对视。

慎平想问鲇太朗昨天公民馆的后续，但见点点无意走开，不知怎么办好。但他觉得犯不上为听那段后续而烦恼，还是别让点点感到不快为好。

"那，我走啦。"

慎平挥挥手，点点笑脸向他："拜拜！"

"有事吗？"

鲇太朗挥手前问道。

"没什么，再见！"

面带笑容目送慎平的背影，点点心底里焦灼不已。那家伙真是……他总是避开我。很明显那不是出自谦让，而是同情……她这一想就很烦。

"你接下来要做什么？"

鲇太朗这么一问，点点语塞。她又希望鲇太朗送她去公园。

但是，不知为何，今天不同于往日。她无法轻松说出口。她也不明白，是因为慎平表现出的关照呢，还是因为鲇太朗的笑容比平时更亲切？

她摆脱浮云似的无力感，走在鲇太朗身边。

"不用打工吗？"

"哦……要。"

"是吗，今天吃薄饼很合适。"

"鲇太朗。"

点点感觉喉干。说不说呢？ 她想问对面走过来的女学生。女学生戴着头盔似的大耳机，陶醉地走在灿烂的阳光下。

"……你跟我来。"

"哎，什么？ 去哪里？"

她不气馁地一口气往下说：

"那课不是必修吧？天气这么好，去外面走走啊。心情多好嘛。去公园捡漂亮的落叶啦。"

"漂亮落叶吗……不过，你不是要打工吗？"

"还有一个小时才开工啦。之前一起玩吧。"

鲇太朗抱着胳膊嘟囔。点点突然把自己的胳膊插进去。

"点点，你怎么啦？"

鲇太朗想缩开，但点点不松劲。

二人怪异地手挽手，按她的意思直角转弯，往校门走去。

儿鸟小姐那天没去公民馆。她因为宿醉头痛欲裂。

送走了鲇太朗，她脱衣服、卸妆，嗅一下稍前刚叠好的睡衣，穿上。她往公民馆打电话说"身体不舒服，要请假"，然后郑重其事地整理一番床铺，把右脚伸进床单和毛毯之间，缓缓躺下。她像平时一样左半身在下，左手撑着左颊，闭上眼睛。然后思考那青年的事。她严格地重新整理周四和昨晚跟他之间发生的一连串事情，在显现理性碎片的地方夹上纸条。在以这些纸条为根据，判断出本人行为乃基于理性判断之前，她无法面对世上任一种正义。

昨晚在他面前有疏失，也是对这种轻佻行为的惩戒……这么一想，儿鸟小姐咬咬唇内侧。我跟男大学生连续两晚发生关系之后，也许今晚就被抛弃。迄今究竟有多

50

少女人，被这么年轻、兴奋不安的男人玩弄、抛弃、慢慢愈合啊……儿鸟小姐感觉，这一连串过程中女人们低声的呻吟所拥有的能量，约等于本县一天消耗掉的电力。

因为鲇太朗年轻且帅，她当时实在无法直视。鲇太朗注视她的视线，仿佛在鉴赏复杂的雕刻，让她整晚困惑。

但是，两晚交道的结果，此刻儿鸟小姐开始爱他了。

开始爱了！ 此话一冒出，她觉得自己好滑稽。儿鸟小姐所知道的爱，是鸟妈妈给雏鸟嘴对嘴喂蚯蚓那种爱。读大学时，曾跟同班的俳句组同学交往过，但儿鸟小姐认为，那绝不是爱。那不过是因年轻而发生的搞笑蠢事而已……但是此刻，对那青年人开始有的这种感觉，也许无限接近鸟妈妈跟雏鸟之间传递的蚯蚓状的东西，我会就近给他那样的东西吧，而他也同样会。

"那样的东西"具体是什么，儿鸟小姐把脸搁在开始发麻的左手上，开始思考。她睁开眼睛，看见枕上落下的应是鲇太朗的短毛发。儿鸟小姐用指尖捏起毛发，放在眼前。这小小的痕迹，给"那样的东西"以养分，使之膨大，为二人共享所必需。她把毛发含在嘴里。然后一觉睡到过午。

再次睁开眼睛时，那毛发仍在她嘴里。儿鸟小姐稍作思索后，从床上起来，洗脸、穿上早上脱下的衣服。然后出门去追寻痕迹群——她的爱的食物。

鲇太朗和点点漫步在大学前的公园。

今天秋色很惬意，他想。最初，他很在意点点的手勾着他不放，但后来感觉这只手的分量和温热，是构成这个绝妙秋日的要素。当他想象同样的事情若换成儿鸟小姐做会怎样时，他的神色马上缓和下来了。

另一方面，挂在鲇太朗胳膊上的点点心情舒畅、安稳，像已不枉此生似的。

点点心想，"幸福"一词要表现的，也包含能够集中于"幸福"的幸福。此刻没有任何东西来打扰她的幸福。

风很柔和，阳光照耀着视野里的每一角落。他们每踏出一步，脚下就响起落叶窸窣声。每一片落叶，都藏有孩子们遥远的欢笑声。长得很相像的两个女高中生高高地荡着秋千。穿毛衣的老太婆坐在长椅上，与裸妇铜像并排，静止不动。老太婆的沉默深远无边，裸妇看起来像是学她停住了自己的时间。

点点想，进一步说的话，所谓"幸福"，不是指状态，而是瞬间。

而此刻，很偶然地，幸福一秒一秒长长延续，这是她生涯中迄今没有过的。

点点成长于没有宗教的家庭，但此时，她想向主掌世界的某个伟大人物深深俯首，祈求有生命或者无生命的一切存在永远和平。

"点点？"

鲇太朗看着立在喷水旁的钟塔开口道。二人走遍了公园，都不知绕了多少圈了。

"什么？"

"几点开始打工？"

"三点。"

"只有十分钟了。"

"是吗？不过，今天请假吧。"

"为什么？"

"你不觉得今天该是名留青史的秋日吗？"

"是吧。"

"所以，我想这样一直走到天黑下来。"

然后二人又再踩着落叶漫步。

十分钟后，到了三点。

一名荡秋千的女高中生大叫着向前蹦。接着另一个也蹦了出去。点点说："鲇太朗，跟我交往吧。"

鲇太朗大吃一惊，停住脚步，两人分升了。

"你说什么？"

点点向缩开的鲇太朗走近一步，小声说：

"我说跟我交往。不行？"

"不，不是说不行……"

"那，可以？"

"不，是不好。"

"为什么？"

“要说为什么……其实，我有喜欢的人。”

“不是我？”

鲇太朗点头。点点再向前一步，再次挽起他的胳膊，说：“那就算啦。”

“既然这样，就算啦。不过今天走走吧。我想一直走到天黑下来。”

鲇太朗听点点说话，像听洗澡间热汽声音似的心中惴惴不安。

二人跟之前一模一样地踏着落叶走起来。

点点后悔自己在这个完美的秋日里投下了阴影。但是她依然是幸福的。从今天晚饭开始，我会为世界和平祈祷吧。我永远忘不了这个秋日的散步，忘不了知道幸福是瞬间的那个瞬间吧……

脚下落叶变为小钹的音色，祝福了她。

浮云降临西面天空，要形成晚霞。

二人最终分手，是在六点过后。

四周已暗了下来，人影稀落。点点终于挪开身体时，鲇太朗的胳膊生疼。仿佛捆着两人骨头的透明铁丝扯裂了肉，颤抖着。路灯照射下的点点的手臂显得很无助，鲇太朗把身上的开襟毛线衣给她披上。她只说了“拜拜”，跑开了。

目睹了这番情景，儿鸟小姐也离开了银杏树。

在公园前站下了巴士，她马上看见了树丛对面的二人；她一直从银杏树后注视二人。在不知情的人看来，儿鸟小姐浮现出无比亲切的母性表情。

当鲇太朗一个人低着头向巴士站走时，她走去前一个晚上跟他去的饭馆。到了店，她依靠模糊的记忆寻找自己曾呕吐的草丛，在树之间发现了吐泻物痕迹。

白色路灯下，吐泻物痕迹呈茶褐色，滑溜溜；俯身去看，还能具体辨认出西红柿或裙带菜。

儿鸟小姐强忍着恶心，凝视那些痕迹。这一来像眼睛要呕吐了，她使劲合上眼皮。

星期四，百合子等待自传执笔助手的到来。

但是，过了约定的一点钟，她还是没露面。

百合子打开鸟笼，把鹦鹉放出来。她挺烦。不守时的人不可信。百合子并不是刻板的人，但在时间方面，她对人对己都很严格。我要是能成功，她以后也前途在望吧，但不守时可是个问题。尤其是在公民馆工作的女人不守时。百合子坐在餐桌椅子上，热切的目光跟随着飞上窗帘轨的小咪咪。

鹦鹉在窗帘轨上轻轻蹦跳，一点一点往右移动。

"咪咪，过来！"

她向鹦鹉笔直伸出一只手。咪咪没有停止向右移动。百合子觉得手伸得不足，放松了肩关节。于是手臂往前伸了几厘米。百合子对着伸直的瘦胳膊发出命令："快！"但是，还没看到结果，肘关节就很不对劲，她慢慢垂下胳膊。看时钟，一点二十五分。她想到了一点：万一她等待期间，歹徒闯入要杀害她，就把鸟笼扔向时钟，留下准确的作案时间。因为家里乱，所以值钱东西也不好找。歹徒可能把一个个抽屉拉出来，把房间弄得乱七八糟吧。小咪咪别理我，从窗户飞走吧……这些全都是那自传执笔助手迟到之过！

百合子对想象中已被扼杀的自己生气，拿过手机打给弟弟。

"那个人没来耶。"

鲇太朗一接听电话，百合子没有一句寒暄就说道。

"现在正过来。"

"怎么，你们在一起？"

百合子竖耳倾听，想从小小听孔听出女人的动静。

"对，在车站前碰到的。"

"迟到了呀！"

"是吗？"

"说好一点钟的。她应该很急的吧？"

片刻沉默。弟弟看着那个女人——百合子在想象中追踪他的视线。

"没有啊。"

"让她赶紧啊！"

"明白。"

"我等着呢！"

百合子挂断电话，招呼站在窗帘轨上的咪咪回笼子，烧水准备沏红茶。

然后，她想调整心情，思考今天的活动。但这回房间里的情况让她没法集中注意力。桌子的直线跟墙壁不平行。沙发的垫子凹陷。电话桌下面有灰尘。我讨厌做家务！ 百合子强烈感觉到，必须写写家务的方面。必须写写土豆去皮、晾拖把、将 T 恤衫叠得四四方方之类。

在水开之前，她走近桌子，把桌子摆得跟墙壁完全平行，使劲拍打了垫子，用拖把清除电话桌下的尘埃。

喝下半杯又热又浓的红茶时，门铃终于响起。

"哎，来啦。"

进门来的鲇太朗身边，儿鸟小姐还是那一副木木的表情，但是也落落大方。

"很抱歉迟到了。"

她行了个礼，坐到桌子的笔记本电脑前，开机。

百合子搜肠刮肚想给助手一点警告，让她像后脑被针刺到，警醒一下，但最终没想出感觉好的表达方式，就拍拍鲇太朗后背解解气。

"痛呀。"

看着鲇太朗可怜地抚摸后背的样子，百合子有了怀旧的满足感。但是，马上有东西阻挡了她。

"你那是怎么回事？"

阻挡她满足感的，是鲇太朗脸上的一点变化。

"你怎么变得像教父女儿似的啦！"

进门时没看仔细，鲇太朗眼睛旁边有一块五百日元硬币大小的青紫。百合子两手捧着弟弟的脸颊。

"谁干的？"

鲇太朗被捂着两颊，困难地说道："我撞门上了。"

"门？"

百合子两手更加使劲，鲇太朗的脸越发细长了。

"呜呜啊啊。"

"什么？"

鲇太朗艰难地呜呜说着。百合子松开手。脸颊红了，加上眼角的青紫，脸上够热闹的。

"撞成的。"

"很疼吧？"

"抹了芦荟软膏，没事。"

百合子又盯了弟弟带青紫的脸一会儿。然后她失去了兴趣。现在，百合子的兴趣应在电脑显示的自己的人生里。

"那就开始吧。"

百合子躺在沙发上，看着天花板。然后，她说出想到的话。家务、歹徒、最后的瞬间、砸裂的时钟……

"嗯，能说说小时候的事情吗？"

在百合子说话间歇处，儿鸟小姐说道。

"什么？小时候的事？"

"我觉得，既然是自传，先从小时候说起比较好。像现在从想起的事情说，比较抽象；虽然也行，但还是按照顺序，从小时候的回忆一点点回想，比较容易吧。"

"是吗？"

"这样的话，我也有具体的事情可做。"

"是嘛。"

"对呀，得让人家干事情嘛。"

鲇太朗在一边插嘴，让百合子挺恼火，但弟弟样子很上心。

"明白了，就那么办。那就从我记得的地方开始说……"

百合子从最初的记忆——三四岁时开始细说，也就是她第一次吃葡萄柚，酸得吓一跳，吐在榻榻米上的事。

不是粉红色的，就是一般的黄色。实在太酸了，我低下头张嘴就吐。透明的汁液和唾液一起吐出来，在嘴边拉成丝，爸爸见了笑。家里人都吃相不佳，不是切成两半用匙子舀着吃，而是像吃橘子一样剥皮吃……

姐姐想象不到，儿鸟小姐跟自己连日来互相用唾液涂抹对方身体吧！鲇太朗听着百合子在追忆中曲径探幽，一阵全身毛孔洞开般的羞耻感袭来。但是他一边因那羞耻

59

感打颤，一边却像上周四那样，注视着坐在眼前的儿鸟小姐伏下的眼睑的线。他想用指头去描那端正的曲线，然后涂抹掉。这一来，他想立刻就把姐姐推下沙发，把太阳打下山，跟儿鸟小姐二人钻进被窝。

　　在六个小时里，百合子完美地讲完了十二岁前的记忆，晚饭期间也挺满意的样子。但她是严守时间的，在饭桌上完全不提后来的事和忽然想起的几点重要补充。

　　吃了饭出门，冷风让鲇太朗和儿鸟小姐缩起了脖子，他们挽起手快步走起来。

　　盼望的晚上时间像地毯一样，在二人面前长长延续。这个人比点点轻啊……根据臂上感觉的重量，鲇太朗比较着这两个女人。但是，一想到点点前天在公园说的话，他就心情沉重。

　　她对自己的感情挺特别的，这事以前就略有感觉了……可能的话，想向她郑重致歉，不过，他决定先跟慎平商量一次。但是，他马上想起慎平好像对点点抱有特别的感情，忍下了那声叹息。

　　"姐姐察觉了吧？"

　　儿鸟小姐面向前方，问道。

　　"啊，——能看出来？"

　　"不是说那个。"

　　"那……"

“那块瘀青。”

鲇太朗用闲着的那只手去摸眼睛周围。摸到了还是有点疼。

“不要紧？”

“嗯，不要紧。”

“对不起。”

“没事。”

“我不是故意的。”

“这点磕碰我完全不当一回事儿的。”

儿鸟小姐往鲇太朗身上靠，鲇太朗感觉手臂上增加了些许分量，高兴起来。

那是前天晚上在被窝里赤裸的时候的事。

也许是爱抚不当吧，儿鸟小姐突然推开鲇太朗的身体，骑了上去，对他乱揍一通。事出突然，鲇太朗没有任何反应，只是由着她。还觉得挺逗笑的：这是她的一个嗜好吧。但是，在他眼睛旁边挨了一下猛击，几乎眼冒金星之后，他理智地尽量用手掌护住身体。儿鸟小姐猛然清醒似的静止了片刻，之后重点只打他的一只胳膊。

现在，鲇太朗承受她体重的左臂上，像抽象画似的有无数瘀青。

“我再不会那样了。”

儿鸟小姐的侧脸在秋末的冷风之下要结冰了。

那无机的美和低低的声音，马上感染了鲇太朗，唤起了那一晚肉体的痛苦。鲇太朗不喜欢被弄疼，但感觉那不是喜不喜欢的问题。被她湿乎乎的拳头、手掌狠揍，他却也在连续的痛感中，确切地感受到砂金般宝贵的感情。那是他前所未见的纯洁、易受伤、长久不了的感情。这情感留下对她无尽的怜爱，悄然逝去了……

"我说过去姐姐家的事，"抵达车站前，鲇太朗开了口。

"姐姐家？"

"姐姐在海边的家——之前在巴士里说过……我下个月中开始放寒假。我们一起搭电车去，好吗？"

"搭电车去海边……像是私奔啊。"

"姐姐一定高兴的——挺长时间没见面了。"

"我也去没关系吗？"

"绝对没问题！"

"那我明天去申请休假。"

一辆自行车从后超越挽手步行的二人。骑车的中年妇女觉得紧挨着走路的两个恋人挺可恶。因为她超越的时候，听见男的对女的说"我很幸福"。她想回头瞧他们一眼，但得留意车道和人行道的分隔，等她回过头来时，彼此已经相距甚远。

之后一段时间，鲇太朗跟儿鸟小姐一起生活。

二人既像关系好的姐弟，有时也像几年没见面的表亲似的冷淡。在家里就两个人吃饭时，儿鸟小姐要夹食物送到鲇太朗嘴里。他顺从地接受，欢迎切成大小合适的汉堡包或五条鲥萝卜。他想有来有往，也要尝试同样的事情，可若不啰唆一番求她，她就不张嘴。

晚上，二人仍旧又掐又啃彼此的身体、涂抹唾液，但随着时间长了，儿鸟小姐变得不留情面。鲇太朗身上常有咬痕、瘀青、椭圆形瘀斑。他提议在看不见的地方搞个刺青，刻上儿鸟小姐的名字，但被一口拒绝。

"那种事没意义。"

儿鸟小姐说道。

"为什么呢？ 我就是……"

"两人去做的事才重要。要做只有两个人才能做的事情。你，明白这意思吗？"

在黑暗之中，儿鸟小姐的视线像绷带似的缠紧了鲇太朗的头。鲇太朗把脸贴在她裸露的乳房上。虽然那乳房平平，但他凑上嘴唇，想狂吸出她的内心，直到自己窒息为止。

"再使劲点！"

儿鸟小姐的声音在鲇太朗后脑勺响如铜锣。鲇太朗轻咬一下。

"使劲！"

鲇太朗一鼓劲咬住乳房前端的突起，随即松开嘴。接下来的瞬间，耳朵掠过一阵剧痛。

儿鸟小姐的喘息像直接吹进了耳朵深处、脑的柔软处一样，鲇太朗想象着荒野中的断崖，沉入她的身体。

寒假的前一天，慎平在学生食堂前的红砖广场看见鲇太朗时，手上的简装奶咖几乎掉在地上。

鲇太朗脸上变了颜色。

"喂！"

慎平从后扳过他的肩头，鲇太朗转过身来，满脸笑容，脸上是各种各样形状、颜色不一的瘀青。

"哎，慎平。"

"你脸上怎么啦？"

"撞的，到处撞。"

慎平心想这可糟了。这跟那公民馆的女人有关系。对，我知道了，自从那天一边听他说一边烤面包时起，或者搭巴士去公民馆前等待时起……

"你最近在干什么？一段时间没见你了。"

"认真学习呀。今天来考试。"

鲇太朗眺望着校园，伸个懒腰："嘿，隔了很久啦。"

"还考试呢。你来听课了吗？"

"没来。"

"那么，考试有意义吗？"

"是没有，可这是阶段考……"

鲇太朗的牛仔裤兜露出两支自动铅笔。慎平伸手进自己书包，想借给他大橡皮擦。可他这张脸是怎么回事啊？慎平一时迟疑不决：该不该再问？但是，鲇太朗倒问他了：

"最近点点怎么样？"

"挺好的。我昨天还见她了。"

"在哪里？"

"家里。"

"谁的家？"

"我的。"

噢噢，是嘛。鲇太朗满意地点头。

"我们在交往。"

在今天这样子见面以前，慎平以为这个消息一定让鲇太朗吃惊不小。但是在现在的鲇太朗跟前，任何消息都等同于一个星期前的天气预报，是一连串没有意义的文章而已。

慎平把在书包里握着的橡皮擦丢回书包底。

"所以点点挺好的。"

"是嘛……这样就好了。"

"你年底怎么安排？"

"年底，我去姐姐那儿。"

"是新婚的姐姐？"

"不是。是住日本海边的大姐。"

"嗬，你还有别的姐姐啊。"

"三个哩。"

慎平脑子里响起白浪拍击岩石的声音。

"你不要紧吧？"

"哪方面？"

"脸上。怎么搞才会那副模样啊？"

"那副模样……"

鲇太朗手摸左颊，细想好朋友的话。然后，那张满是瘀青的脸上，悄然浮现完成漫长修行的苦行僧般心满意足的表情。

"跟你一起去看医生吧？ 或者不去医院，找个类似的地方……"

"咳，没事啦。虽然有点早，先祝你圣诞快乐啦。"

鲇太朗脚步轻快地走向教学楼。

慎平抹去脑海里的波浪声，目送他的背影，为他的步调配上相应的华丽音乐。

数十分钟之后，在街角汉堡包店，点点听慎平说了鲇太朗的情况，气得把手上的汉堡包捏得不成样子。

慎平慌忙补充说："哎哎，一半是我的推测啦。"可已经迟了。

"为什么？ 不是脸上一团糟吗？"

"可鲇太朗很幸福的样子啊。"

"哪儿来的蠢话!"

点点急急收拾自己的东西,连嘴边的番茄酱也没擦,就走出店。慎平预感情况会更糟,但慑于她的气势,没马上跟上。他原想商量下周的平安夜两人吃什么的。不该先来那段开场白的……

点点对那个糟蹋鲇太朗的脸的女人怒火中烧。

谁也没有权利伤害至关重要的鲇太朗,更何况要奴役他。点点上了去公民馆的巴士。那女人工作的公民馆的地点,之前她在慎平的笑话里听说了。哼,慎平真是个大嘴巴! 看来还爱上我了。两人上床的时候,有什么动静,他事无巨细都对我说……但是,点点马上不去想慎平了。然后,她像几个星期前百合子做的那样,从记忆里找出极脏的骂人话,要砸向那女人;她把这些话的顺序也理了一下。

然而,一想起慎平说"鲇太朗很幸福的样子",话到嘴边又掉回了肚子里。

傍晚,鲇太朗考完试,在从教室去巴士站的路上,所有顾虑都依次扔掉了。

他心中只有从明天起的二人旅行。鲇太朗为了接儿鸟小姐,上了去公民馆的巴士。

在有海边城镇感觉的站下了车,鲇太朗的心喧闹起来。一想到此刻那敬爱的女士向自己微笑的时间在迫近,他幸福得几乎要冲到车道上。

白色的公民馆一出现，鲇太朗便戴上羽绒服的风帽，遮掩受伤的脸。他站在电线杆旁边，心急地等待着儿鸟小姐出现。

儿鸟小姐跟平时一样，准时在五点十五分现身。

"辛苦啦。"

鲇太朗一挥手，儿鸟小姐只一瞬间出现了微笑，然后就近乎无表情了。

"谢谢啦，挺冷的。"

儿鸟小姐贴近鲇太朗左侧，挽起他的胳膊。

"今天做什么吃呢？明天出门旅行，得吃掉才行。"

鲇太朗用只有两人听得见的小声说话，她同样小声地回答"是呀"。

一想到明天起有一阵子走不了这里了，鲇太朗对几周来已经十分熟悉的景色产生了乡愁，每一步都感觉得出分量似的。两人拐进附近的超市，买了做清炖鸡的材料。

一回到儿鸟小姐的房间，鲇太朗洗手漱口，着手做饭。现在，晚饭的准备工作归他。儿鸟小姐换好了衣服，系上围裙，过来厨房。

"给你帮帮忙。我来切鸡肉。"

儿鸟小姐拿起菜刀，站在案板前。鲇太朗正在剪海带，他把电暖炉移近她身边。

"今天你的朋友来过。"

儿鸟小姐从盒子里取出鸡腿肉块，说道。

"噢？"

"是你的朋友，不过没说名字。"

"我的朋友？ 什么样子的？"

"女孩子。"

"女孩子？"

"短头发的女孩子，挺可爱。"

"短头发……"

"她生气啦。"

儿鸟小姐把刀尖刺入鸡肉，慢慢前后拉开。带疙瘩的皮翻起了，粉红的肉映着荧光灯的光线。

"短头发的……是谁呢？"

"我之前见过她的。"

"在哪里？"

"在公园。跟你闲逛。"

鲇太朗好久才想起数周前那个美妙的秋日。那天太阳西斜、女高中生和老太婆、落叶发出的声音、点点胳膊的重量……但是，他继续用剪刀剪海带。

"她呢，总之很生气。突然抓住我的手，要拿放在窗口的奖杯打我。你的事，她好像挺清楚的。她大喊大叫，闹得很厉害。馆长出来了，好几个人抓住她，她还冲我喊叫。之后来了一个男孩子，他向我道歉……"

儿鸟小姐凝视着带着鸡肉碎的菜刀。那银色刀刃上，映着被揪住还挣扎的告发者的目光。目光开始轻轻颤动，变成雾状，侵入她的神经。

鲇太朗放下了剪刀。

平安夜的下午，赶到医院的百合子后悔没买花来。因为走廊里相错而过的探病者全都抱着红、白、绿的花束。

"我这人就是不机灵。"

百合子晃着腿，面对躺在床上的弟弟。

"知道吗？ 今天是圣诞平安夜呢。"

"圣诞快乐！"

"可你快乐不了啦。"

百合子察觉邻床男子的目光色迷迷的，调整了椅子的朝向。

"嘿，难得在医院过圣诞呢。一般人可做不到……不过，这医院味儿，我真是永远习惯不了。你怎么样？ 一直躺着，习惯了吧？"

鲇太朗闭着眼睛，只是点点头。

"怎么啦？ 还是难受吗？ 脸色那么差，你的内脏却没受伤。我知道你撒的无聊的谎。是那女的刺的吧？"

鲇太朗睁开眼睛，清晰地说："不是。"

"什么不是呀。那种地方，自己可刺不了。"

鲇太朗的伤在后背和右手两处。鲇太朗脸色苍白，反复对扛担架的急救队员说"我自己刺的"。但是他们见惯不怪的样子,甚至流露出厌烦的表情,把负伤者抬上担架。然后,催促默默站在厨房一角、系着围裙的女人同车上医院。

一个小时之后,正津津有味地品尝水果罐头甜点的百合子,接到儿鸟小姐的电话报告。她慌忙赶来医院,但医院里已经没有儿鸟小姐的身影。

"那女人连探视也不来……哎,为什么没有当场逮捕她? 即使一般市民,若是现行犯,也可以逮捕的,不知道吗? "

鲇太朗说一声"别那么说",再次闭上眼睛。

儿鸟小姐的确没来探视。但为了防止再出错,百合子吩咐负责的护士:谢绝任何人来见面。

当鲇太朗闭目养神时,他脸上的瘀青尤其让人痛心。百合子自责:头一次看见这个不祥征兆那天,就该追问清楚……没错,这女人从第二周起一个人厚颜无耻地上门来录人自己的话,对她应该更加细心观察的。后悔和反省她都不擅长,可就这回,她觉得绕不过去。

"鲇太朗,对不起。"

百合子有生以来头一次向弟弟道歉。她想,趁这机会,对小时候施加的种种折磨也道个歉吧?

"对不起,我也察觉有点怪。但我脑瓜子转不过弯,没想到你跟她是那种关系。早点问清楚就好了……"

鲇太朗答:"不必啦"。

"可为什么变成这样子呢？"

一想到弟弟睡衣下的身体上满是青紫瘀痕，百合子美丽的脸庞就心痛得走样。与其说我没能制止鲇太朗变成这样子，毋宁说，就是我给机会那女人接触鲇太朗的。

"都是我不好。"

"姐你没不好。只是我喜欢她，她也喜欢我而已。"

"如果彼此喜欢，为什么拿刀扎你？"

鲇太朗睁开眼，向姐姐微笑。

"今天是周四吧？ 写自传的日子……"

"她不会再出现。一辈子禁止她踏入我家，而且不能靠近你半径十米范围。否则你总有一天要被杀掉。"

"才不会呢。"

"哼，她绝对要杀人的。"

"自传怎么办？"

"自传嘛……"

"我再给你找助手。"

弟弟无力的笑容，以独特的方式，稍稍刺激了百合子的生命力。小时候，每当看见这副笑脸，百合子就觉得该给他一道难题。

但是，今天，一个绝好念头瞬间掠过她全身，百合子不由得喊出声来：

"我明白啦！ 不写什么自传了，我要写小说！"

在充满药味儿和些许大小便味儿的洁白病房里，她高声宣布了。

　　鲇太朗转过脸，看着窗外的天空。

　　这一来，他觉得自己降生于这世上所需的无数个偶然，又变成了金色微粒，降落在床上。

四

鲇太朗在医院过了新年。三天节日假一过，后背和手臂上的伤全好了。出了院的鲇太朗跑的仍是百合子家。

这个冬天，一次也没下过雪。

鲇太朗住院时，每天早上刚醒来的几秒钟里，感觉窗外有雪的动静。

来擦身子的光头男护士说"没下呀"，但鲇太朗总觉得他是在隐瞒事实。但也没办法，自己出了这么件事情，光活着已是幸运……走出医院大门时，他回过头，看自己住过的病房窗户。医生护士都待人亲切。他想有更多的惩罚。要素不相识的人安慰、送餐、擦拭身体，实在很抱歉。

久违的室外空气，急速冻结了鲇太朗的罪孽意识，他心头冒起了白烟。

在通往百合子家的路上，鲇太朗的思绪在晦暗的住院生活上打转。

他每天都在等儿鸟小姐。病房的白色天花板上，映出闪银光的菜刀、儿鸟小姐青筋暴起的手和围裙沾上的血迹的形状。初见那天的圆头圆身人偶似的脸，在这样的背景

74

下模糊了。鲇太朗真心感到悲哀。想见到儿鸟小姐本人。他觉得，只要她坐在床边上的椅子里，对着自己微笑，两人还能一起过吧。

然而，坐那张椅子的，总是百合子。

鲇太朗不想其他亲人也担心，求她把这一事件作为只有两人知道的秘密。百合子满脑子写小说的念头，对他的请求不假思索就答应了。最重要的是，鲇太朗看起来恢复得很好。百合子已经将弟弟的两处伤，只看作投球游戏时戳伤手指而已。

鲇太朗将身子往羽绒服里缩，快步走向姐姐家。

"哎呀，来啦。"

打开的门里露出百合子气色很好的脸，身后带来一股暖气，有砂糖糊了的味道。

"你要告诉我，我去接你嘛。"

百合子把门开大，让鲇太朗入内。鲇太朗发现一双陌生的军靴风的鞋子，没放整齐，仿佛把并不狭窄的玄关占去半边。

"有人来了？"

"是桃子。"

"小桃？"

"对呀，一早过来玩。"

鲇太朗脱下旅游鞋，把那双乱放的鞋子摆好。那鞋子沉甸甸的。

"哎，鲇太朗，听说你被捅刀子啦？"

桃子说道。她在沙发上吃布丁，看了一眼弟弟的脸，放下匙子。

"惨啦。"

"什么？"

"被捅刀子啊。"

她背着手拢起长发，又啪地松开。

"我没被捅刀子。"

"还说没有。"

"不是那样的。"

桃子喊一声"说谎"，把膝上的坐垫扔向鲇太朗。他捡起落在脚边的坐垫，轻轻拍一下。

"桃子，鲇太朗一直这副腔调。说是自己太兴奋弄出来的。不仅如此，那女的还是受害者！"

百合子坐在餐桌的笔记本电脑前，手搁在键盘上。她跟鲇太朗对望了一下，皱起眉头，视线移向电脑屏幕。

"小说，顺利吗？"

鲇太朗这么一问，她又抬起眼。

"还好，挺顺的。"

"什么感觉？"

"像自传。"

"不是自传啊？"

"对呀。自传什么的结束啦。我在写的是小说。以我这种人物为主人公的小说。"

"不过，你不擅长作文吧？"

"跟作文不一样。"

因为百合子瞪他，他乖乖地坐在桃子旁边。

久别重逢的这位三姐，是一家女人中身材最小巧苗条的。但是靠近了，能感应她透出体外的强大活力。此刻，那些能量瞄准了鲇太朗后背和手上的伤痕，像胶管射水一样喷射。

"我都向姐姐打听到啦。她说，非得让鲇太朗和那女的读道德教科书不可……说真的，你详细说吧。"

桃子把头发绕在脖子上，往鲇太朗靠了靠。

"你都打听到了，我没什么说的。"

"真是自己扎的？ 太兴奋了？"

"对。"

"你说的'兴奋'，是哪种兴奋？"

"就是……"

"说不定，是自我超越了？"

这位姐姐动辄冒出伟人名字似的词汇，鲇太朗无言以对。

对于世上发生的一切极端事物，桃子都想用"自我超越"这个词汇表达。除了辞典上的意思，这词儿还附有她长期使用后加上去的特别含义，是解开一切谜团的词。

"可能是吧，那天晚上……"

"果然不错！"

"小桃，你怎么会在这里？"

"我在这儿不好吗？"

"没不好，那位呢？"

"你不知道？ 我们夏天里分手了。"

桃子把一个坐垫——不是刚才扔出去的——塞到屁股下。然后，像用大牙慢慢嚼一个甜甜的有弹性的东西一样说道：

"那家伙最后全靠我养着。"

鲇太朗无语，桃子说"不过我没被捅刀子"，目光闪闪地望向他。鲇太朗慌了，问其他问题。

"工作最近怎么样？"

"哦，还算顺利。"

桃子在邻市的健身房当爵士舞和健美操教练。

"哎，那女的该不是运动不足，血液循环很差吧？ 她要来我们健身房的话，我让她吃足苦头，把她的神经……"

"我也学跳舞吧？"

鲇太朗开心地说道。

"噢，学跳舞？ 你？"

桃子白色毛衣里的细长胳膊一下子揽住弟弟肩头。

"嗯，我想试试看。新年伊始，有点那个感觉。"

"真的？ 来呀！ 你比以前还要瘦哩。用有氧运动锻炼身体呀。非常好的。你绝对应该运动。那你就更加受欢迎啦。"

"更受欢迎会怎样？"

百合子从屏幕抬起目光，问道。

鲇太朗听了桃子介绍健身房的规则，约好办入会手续的日子，吃了百合子亲手做的布丁，然后就返回自己的公寓了。

没多加思索就约定了，学生优惠价每月七千九百八十日元，能否有相应效果存疑。大概就是去几次，之后会无疾而终吧。

久违了自己的公寓，简陋的信箱里，有点点寄来的贺年卡和弹子房、比萨饼送货服务、上门按摩的宣传单。还有电费、煤气费的收费单。

他寻找儿鸟小姐的信，但怎么也找不到。

鲇太朗走在大学停车场旁的路上，被慎平拉住了。另一只手则抓住鲇太朗肩头，两手一起轻轻晃动。

"鲇太朗！ 你精神挺好嘛。"

"噢噢。"

鲇太朗对他笑。点点在慎平右后方。

"可以出门了？"

"嗯，没事啦。"

"说是不能探视，我还吃了一惊呢……"

"不好意思。是姐姐那样安排的。"

"没事没事。理所当然的，还操心就不好了。我听你姐说了一点情况……只有这样才能好好休息吧。"

"哎，好了吗？"

右后方的点点问道。

鲇太朗隔着慎平的肩头看点点的脸。她稍微改了发型，原先斜剪的前发改为齐眉直线。而她像是嫌头发碍事似的，不停地往边上拨。鲇太朗不知是否该谢她的贺年卡。他想了一下，没说。

"百分百好啦。"

鲇太朗向她笑，脸转向前方。慎平从旁搂着他的肩，三人走起来。点点把额上头发弄乱了。

"康复了，太好啦。"

点点说着，握住慎平没搁在鲇太朗肩头的右手。慎平吃了一惊，搭在好友肩上的左手使了一下劲。但鲇太朗什么也没察觉。在鲇太朗在场时拉手，点点究竟是什么想法？慎平慌了。但是，他马上产生了她爱着自己的实感。

慎平左手放松，精神集中于右手掌心，轻轻回握一下点点凉凉的小手。那是不想被鲇太朗察觉的、就两个人的亲密感。

"哎，鲇太朗，那女人怎么回事呀？还是没事一样在公民馆上班吗？"

"不知道……"

"没报案吗？"

"没什么案可报……"

"没跟你联系吗？"

"嗯。没跟我联系。"

不过，实际上鲇太朗给她手机打过很多次，也去过她住处。

儿鸟小姐完全断绝跟他的联系。向公民馆查询时，鲇太朗的年轻声音一提到她的名字，接电话的男子就明显不友善了。男子说，儿鸟美津子小姐请假回了老家。问他老家在哪里，对方也不说。鲇太朗不知她生在何处、生在哪一年。

"那你们不见面了？"

"也许会见的。不过，不是现在吧……"

鲇太朗低着头，要回想起自己知道她什么。但是，这个尝试只让他视界更黯淡不清。

"不过，你这样子回来了，也很好啦！"

慎平用搭肩膀的左手拍拍好朋友的后背。他想起鲇太朗后背挨了刀子，心想坏了；但鲇太朗只是无力地回应了"是啊"。慎平没得到响应，回头看点点，她正无聊地看着脚下的水泥地板。

三人走过红砖广场时，食堂方向传来"哎，鲇太朗——"的呼唤。鲇太朗一回头，点点跟慎平牵着的手映入眼帘。他好想一起拥抱两人。

喊鲇太朗的是他入住学生宿舍时的邻居益夫。他穿着远远就能认出的红方格纹衬衫，正在挥手。鲇太朗向表情各异的二人说声"再见"，跑向益夫坐的长椅。

"益夫君，什么事？"

"正巧你走过——你要打工做兼职吗？"

"是什么工？"

"便当店。"

"吃的便当吗？"

"只要大婶们不在，尽管吃。"

益夫笑笑，拿起一只点心面包猛咬一口——搁在长椅上，已经打开的袋子里有三个点心面包。然后他把其余的递给鲇太朗："要吗？"

"要。"

鲇太朗接过点心面包，在益夫身边坐下。然后吃起没多少馅料的甜瓜面包。

"就是大马路对面、消防署后头的便当店。叫'丸子屋'，你知道吗？"

"不知道。"

"我在那里做了一年左右兼职，因为今年有三个人毕业，得入新人了。你要做吗？ 不忙吧？"

"便当店吗……"

"报酬是晚上九点前时薪七百五十日元，九点到十二点八百五十日元。怎么样？ 每周来三次左右就最好。"

"行啊，我干。"

"你要干？"

益夫把吃完点心面包的袋子一团，放在长椅上。袋子沙沙响着，慢慢恢复原来的形状。益夫拿起最后一个点心面包前，再问一次："真的要干？"

"嗯，我干。"

"哦，那我给店里打电话。进来之前循例有一次店长面试，什么时候好？"

"今天就行啊。"

"什么？ 今天？ 很急啊。我不知道成不成。"

"今天不成明天也行嘛。"

"你真的不忙喔。"

鲇太朗把最后一小块甜瓜面包塞进嘴里。又想起了吻儿鸟小姐肩头的感觉。睡着时，他嘴边挨着她的肩头，他出于十分好奇，吻了她骨感的肩头。没有气味、没有味道，他舌头只留下了粗糙的触感。

"定好时间通知你。"

益夫站起来，把袋子扔进长椅旁边的垃圾桶。他顺手拿过鲇太朗手上的空袋子，说声"那说好啦"，同样扔进了垃圾桶。

就鲇太朗一个人了，冬天的午后阳光微带乳白色，如同半夜里所见的儿鸟小姐的后背。

鮎太朗又得努力不要变成绿色妖怪了。

鮎太朗上了电车，去办理跟桃子约好的加入健身房的手续。

健身房所在的市，是本县第二大城市。

在车站前的小空地和巴士的交通环岛前，分别有一个年轻人组合在演奏音乐。鮎太朗站在围观者较少的交通环岛前的男女二人组前，听他们演奏。女的坐在键盘前，男的手拿吉他，二人交替唱，然后合唱。且不说那女的，这位男的倒有点儿像儿鸟小姐。眼睛、瘦削的体型和站立时的样子，感觉都像。

不知道儿鸟小姐有没有兄弟姐妹，有的话，他们一定像她吧。不，肯定她父母也是像她的。世上有仿佛用纸样放大制作似的、一家人很相像的家庭，也有各不相似的家庭。儿鸟小姐的家庭，一定是来自同一个纸样的家庭吧，鮎太朗心想。儿鸟小姐身上，有一种系列产品的氛围。另一方面，鮎太朗的家庭，包括已去世的父亲，都是有模有样的帅哥美女，但不是同一纸样那种，而是各有其美的特点。孩子们嫉妒彼此的眉眼鼻子。但是，三个姐姐很早就察觉自己的美区别于他人，这一点发现，把她们的自尊心推上了一个档次。只有鮎太朗为外貌上的特立独行伤感。这种伤感把他跟信心满满的姐姐们的距离拉得更远。鮎太朗想要长得像自己的弟弟或妹妹，但那时父亲已经去世了。虽然不是没有母亲再找一个爸爸的可能性，但既然生自己的两人已不复一同健在，那么，跟自己相像的人，就永远不会有了吧……幼小的鲇太朗用他橘子大的脑子思考着，死了那条心。事实上，他的母亲之后一直跟后爸过，但至今没有生下鲇太朗的弟弟或者妹妹。

鲇太朗边听歌边想，自己之所以被儿鸟小姐吸引，也许因为她那种系列产品的氛围。也许被她本有安身的地方、却偏一个人过的可怜劲吸引了。最终自己是"缺什么找什么"，想来，这其实是无聊的理由……鲇太朗要这样贬低自己的恋爱，加以反省。但随即改变了想法。不，这样的理由毕竟是后话，哲学家也好、生物学家也好，都不能解释这次恋爱，自己只是单纯地爱上儿鸟小姐而已！他打断所有辩解，咬紧嘴唇。

歌词夹带着英语，听不全，不过看来他们是在唱恋爱的歌。

最后的和音一完，鲇太朗走向前，使劲鼓掌。

健身房的自动门一开，是高高的观叶植物围绕的圆形大堂，中间有圆形的问讯处。圆形问讯处里站着三个穿红色 POLO 衫的女孩子。鲇太朗向前走，打算跟最先视线相遇的左边女孩打招呼。

女孩子们一起向鲇太朗点头致意："欢迎光临。"

"麻烦你，我要入会。"

左边女孩睡眼惺忪。鲇太朗感佩：身穿鲜红的POLO衫却这副表情，还真行。

"好的，谢谢。您有预约吗？"

"预约？ 说预约了也行，说是今天五点钟后的……"

"您是网上申请还是电话？"

女孩翻动着手上厚厚的文件夹。

"不，我是通过人。"

"……人？"

女孩像在梦中被呼唤一样，缓缓抬起头。

"对，其实，我姐姐是这里的教师，姓中里。"

"噢噢，是中里教练的……"

其他女孩子一起抬起头："哟，是中里教练的……"右侧看来最年长的女孩问："您是中里教练的弟弟吗？"

"对。"

"哦，那就是教练介绍的。"

左边女孩再次翻动手上的文件夹。文件页子翻过来、掀过去，微风把旁边的纸片吹动了几厘米。

"我姐要我今天这个时间来，没我的名字吗？"

"嗯，是啊，挺不巧的……不过不要紧，我先带你过去吧。"

女孩说着，递上一张 A4 薄纸，上面有许多蓝色线框。她在鲇太朗要填写的地方，用铅笔画圈。然后又从下面取出一张满是空隙的"健康调查表"和一份黑色的文件。

"这份黑色的文件，是本健身房的活动规则，也就是说是合约。首先请您阅读规则，在您已经了解的基础上，再填写这张申请表格。我问一下，您今天带了银行存折、申报印鉴和入会金了吗？"

"啊？我都没带。不好意思，没带不能入会吗？"

"那就得麻烦您再跑一趟了。程序是当天可以正式入会的，您看好吗？"

"我明白了。那今天我就先读文件、填写表格吧？"

"是这样的。"

女孩从柜台出来，让鲇太朗在旁边的填写桌前坐下。鲇太朗用眼睛扫视黑色文件的小字，感觉明白了，开始填写申请表格。在银行账户号码处停住了，不过他取出钱包里的提款卡，小心翼翼地写上。

"鲇太朗！"

刚写完就有人喊。鲇太朗回头，见身穿暗绿色运动服的桃子跑过来。她向问讯处的三人挥挥手："谢谢啦！"

"小桃，你跟她们说了吗？好像没预约的样子……"

"哦，我忘说了。不过没问题吧？没有其他顾客嘛。"

桃子解下盘在头顶的头发，又在上面结好。

"而且，我也没带存折、入会金之类的。"

"是吗？没带？我还以为不说你也知道的。你二十了吧？ 这不是常识吗？"

"可是，健身房……"

"你不知道?加入任何组织，首先就要付钱啦。"

桃子坐在鲇太朗身边，拿起申请表。

"你的字像个女孩子。"

桃子哼哼着，说声"等着我"，就去问讯处了。鲇太朗看着姐姐的背影，她的运动服太合身了，全身看起来像是做了敷泥的美容一样。

桃子挥动着申请表，跟问讯处的女孩们谈笑，约过了五分钟，她回到鲇太朗身边来。

"我带你去看看设施。"

"这样行吗？ 你在上班吧？"

"下节课前我还有两个小时空闲。你也有空吧？ 让你瞧瞧是怎么回事。"

桃子拉起鲇太朗的手，走向大堂左边的门。通道很长，两侧墙壁是透明玻璃，看得见对着窗口跑跑步机或举杠铃的人。

"这里是心肺器械和力量器械区。往前是演播室。我几乎都是在第一教室或第二教室。"

"你具体教什么？"

"有氧运动呀，爵士舞呀，还有健美操和瑜伽。"

"教这么多？"

"不是每天全部都要教。而且，还有没人来不用教

88

的。比如说下雨天之类。"

"下雨天就很少人？"

"少啊。下雨天，光是看见下雨就很累了。"

然后桃子依次带他看了二楼的SPA和三楼的游泳池。参观中间，他们一直拉着手。桃子到处照随处有的大镜子，自得其乐。

这位三姐一直以来都认为自己比大姐二姐爱鲇太朗更多。

她之所以这样觉得，是因为鲇太朗出生的瞬间，姐姐之中只有桃子在他身边。上面两位都在几公里外的小学。桃子本该在幼儿园的。但她想念半夜里开始阵痛、被送去医院的妈妈，不上幼儿园，让奶奶带她去医院。桃子看见生孩子后沉睡的母亲，以为母亲死了，大哭起来。然而在触到睡在母亲旁边刚出生的鲇太朗脸颊的瞬间，她强烈地感觉到：自己是这孩子的姐姐，是至亲的姐姐。

鲇太朗出生之前，姐妹中受欺负的角色是桃子。但是，因为鲇太朗的出生，桃子的任务就草草终结了。

桃子脱离了被欺压的角色，作为配角，在姐姐们欺负鲇太朗时，以不留下印象的程度参与。若大家对鲇太朗好时，则最后一个稍微对他示好。桃子以此巧妙地瞒过统治者的眼睛，在她心目中，她和鲇太朗，是在姐姐们折磨下结成的真正姐弟。不论两个姐姐搞什么折磨人的名堂，桃子总要出现在接近鲇太朗的位置，在那里监视姐姐们。带着"只有我站在你这边"的念头，和她们一起弄哭鲇太朗。

决裂的到来，是在桃子升上初中、忙于练习体操的时候。桃子忙于课余活动、复习预习，不能如愿地看护弟弟了。尽管如此，为了显示无穷尽的受难者之间心气相通，她决定给鲇太朗一个暗号。当时，因为母亲"对舌头不好"的偏见，中里家禁止吃糖，但桃子忘不了朋友给的草莓糖的味道，从小学起就不时瞒着妈妈和姐姐去买。桃子把这种禁物作为秘密纽带的象征，在鲇太朗书包的兜里放了一块。

过了几天，桃子偷偷看一下，发现粉红色的糖块还在。桃子又加放了一块。就这样，糖块在书包的兜里增加起来。桃子把这视为鲇太朗无言的赞同，心里很满足。

有一天，桃子悄悄打开鲇太朗的书包，发现粉红色的糖块都消失了。（嘿，小子吃掉啦。）桃子当时笑笑，随即心中不安起来，涌出泪水。她感觉被鲇太朗拒绝了似的。正是这种谁也不明白的、不在意的做法，情况才愈显严重。

"今天，我书包里有好多糖呢。"

晚饭时鲇太朗这么一说，桃子差一点栽下椅子。

"为什么？"

坐鲇太朗对面、正吃饭的大姐藤子问道。

"不知道。兜那里鼓鼓的，我一看，有好多糖。"

"有人恶作剧啦。脑子坏了，笨蛋也会传染呀？"

梳辫子的百合子斜眼瞪着鲇太朗。

"鲇太朗，你怎么处理的？你可没吃掉吧？"

母亲担心地问道，鲇太朗答道："我没吃。"

"跟荻君溶了糖水，洒在院子的蚂蚁窝旁边了。不过，糖就是不溶化。"

"笨蛋，那可不行。会围上一大堆蚂蚁的。明天用袋子装上，丢进垃圾箱。不过，是谁干的呢？"

"不知道。"

"妈，说不定得报告老师吧。"

藤子这么一说，母亲说"是啊"，担心地看着鲇太朗。桃子不做声地听着一连串的对话。

那天晚上，桃子等一家人睡熟了，独自悄悄起床，打着手电去院子。她在围墙边发现了十几块糖的遗骸，就挖了周围的土用心掩埋了。她用铁锹拼命挖土，心中无端感慨。之后好几天，她对鲇太朗没说一句话。

之后，桃子不理会统治者藤子和百合子了，跟弟弟也保持距离，她勤奋学习体育。不过，她还是觉得自己最理解弟弟，即便离家上大学后，每次回家看到迅速长成帅哥的鲇太朗，都仿佛是自己功劳似的，很自豪。不过，跟他待太久了，就唤起甜甜的泥土溅在睡裤上的回忆，桃子自己也不好意思了。

而此刻，看着镜中牵手的姐弟俩，她很满足。自己虽是小个，但苗条柔韧又年轻，若让身边的鲇太朗也摆同样的姿势，应该是差不多的感觉，脸上的困惑会很纯真无邪吧。

这两人不是恋人，而是姐弟，堪称杰作。桃子笑了。真想有人瞧见我们这副样子。"刚才那男的，是桃子的男友吗？"一想象人家这么问，桃子就心头痒痒、如沐春风。

"那我回去啦。"

参观完返回大堂，鲇太朗眼睛瞟着问讯处说道。桃子也向那边看，是否有他看中的女孩。但问讯处那三人跟原来没什么两样，只是埋头翻文件或打电脑。

"桃子老师。"

听见喊声一回头，桃子见高高的观叶植物背后走出一位穿白色带帽粗呢大衣的、仙鹤似的女孩子。

"哟，小聪啊。你好吗？"

"嗯，我很好。我来早了点儿，在那边休息。"

被叫做"小聪"的少女以年轻人特有的唐突的目光盯着鲇太朗。是个眼白漂亮的女孩子。她眨眨眼睛，垂下视线。

"小聪，他是我弟弟，叫鲇太朗。像吗？"

小聪又跟鲇太朗对视约两秒钟，对桃子说："我觉得不太像。"

"就是嘛。我们家谁都不像谁。真不知道是否一母所生哩。"

桃子笑着，有节奏地拍拍鲇太朗后背。然后对有点尴尬、视线飘忽不定的弟弟介绍这位少女。

"鲇太朗，这位是小聪。真名是聪子吧？ 来上我课的。人显得成熟，但还是个高中生。"

听说对方是高中生，鲇太朗感觉自己是大学生，得正经点儿，他正正规规地寒暄："你好。"这一来，她表情虽还显僵硬，也相应地致意："你好。"她抬起的脸被娃娃头遮住了，伸手把头发撩到耳后。然后，她嘴角一翘，笨拙地笑了。露出的牙齿小小的，白得像是干净浴室的毛巾。

"你要回去吧？"

因为鲇太朗没动静，桃子捅捅他手臂。

"嗯？ 噢噢，我回去啦。"

"再见啦，下次带好钱和存折、印鉴啦。"

"知道啦。再见！"

鲇太朗转过身，通过自动门。日头还高。不算儿鸟小姐的话，鲇太朗没有急于考虑的事情。

一辆白车在跟前驶过。比起这车子，刚才那女孩子的眼睛、牙齿和短大衣的白更加白……鲇太朗把那些白一片片删减，摆在脑子一角。

他一边过马路，一边将这三种白与记忆中的一切白作比照。

五

鲇太朗穿上熨得热乎乎的衬衣。加穿毛衣，披上平时的大衣，带上履历表出门。

他要去便当店面试。

便当店丸子屋在大学的西侧。

鲇太朗住在与之相反的东侧。他横穿大学，来到大马路。跟多为单门独户的东边相比，西边密集矗立着横长的建筑物，像多米诺骨牌似的，是大片廉价公寓街——假如你顺手打开那边的一扇门，就能见到或躺着、或吃东西、或发愁的学生。

按照益夫的指点，那间便当店在消防署的背后。但是，实际上它在消防署后巷走一百米左右的地方。写着粗俗字体"丸子屋"的招牌的小平房前，立着一面橙色反白字旗幡，上书"手工制作·现做现吃"。外头天还亮，直接搁在沥青地上的正方形招牌已经亮了灯。

因为益夫说要从后门进入，鲇太朗拐到后面，在简朴的自制门上敲了两下。没有任何回应。他脱下手套，又敲了两下。

"打扰啦！"

他挨近了喊道，门突然开了。出来一个乍看挺漂亮的女人，她系着橙白色条纹的围裙。

"不好意思，我叫中里鲇太朗……"

"来面试的？"

女人双手叉腰，面带笑容。

"是的。井上益夫君介绍的。"

女人背手关上门，由下至上地打量立正姿势的鲇太朗。女人的眉毛在她眼睛上面画出大胆的曲线，威吓他。

"辛苦啦，请进吧。"

她把门大大地打开，招呼鲇太朗入内。

里面是充满油味的、四铺席大的厨房，一个小个儿肥胖的中年女人和一个同样个子但极瘦的中年男人分立工作台两边。两人注视着鲇太朗，男的先挥挥手，说："哎！"

"师傅，兼职的孩子。"

女人作了介绍，鲇太朗开了腔：

"打扰了。我是中里鲇太朗，井上君介绍我来的。请多关照。"

鲇太朗低头致意，男的推推跟前的圆椅子，说"来来，坐吧"，自己也坐下来。

"是中里君吧？ 听井上君说了。我是店长小田原。这位是孩子他娘。"

他指的孩子他娘低头致意："你辛苦啦。"

"你喊她'妈妈桑'吧。叫我'师傅'。"

"好的，我明白了。"

"哎，中里君——对吧？ 你来得太好啦！ 你什么时候能开始工作？"

"什么时候都行……今天开始也没关系。"

"嗬嗬，那好哇。"

"可是，师傅，围裙什么的，还没准备呢。今天不行呀。"

妈妈桑插嘴道。师傅说声"啊，没错"，摘下头上的纸帽子，用手弄弄又戴上。

"既然这样，先定后天过来吧？ 还有，时薪方面你听说了的，我还是解释一下。我们有白天班和夜班，白天班是九点半到三点。嗯，夜班是六点到深夜十二点。晚上九点前时薪七百五十日元，之后八百五十日元。学生一般都做夜班。"

"是吗？"

"因为做白天的都是大婶。晚上兼职的两个人，至少我们两个中会有一个在。但我们十点钟回去。"

"之后就做到关门为止吗？"

"对呀。害怕吗？"

"不，我不害怕……"

鲇太朗摇头，给他开门的女人嘻嘻笑。

"啊，这位是花园桑。瞧她这样子，可是有了孩子的，你别迷上她。"

鲇太朗还没说"请多关照"，花园桑就扭着身子："师傅讨厌！"

　　"你真看不出是初中生的妈妈哩。我最初还以为是骗人的。"

　　站着读报的妈妈桑也认真地说。

　　"你们两个又这样说！下面还有什么不好听的话吗？"

　　夫妇俩面面相觑。花园桑抱着胳膊，像小孩子不高兴地摇晃身体。

　　"前不久，我跟女儿还真被错当成姐妹俩啦。在服装店，我挑女儿的衣服，谁知店员说：'姐姐觉得这件怎么样？'真是太不好意思啦。"

　　"嘿，像是电视里的嘛。"

　　妈妈桑手托着腮，平心静气地说道。她右手无名指正好在鼻孔边上，像是痒痒似的轻轻蠕动。

　　"羡慕你呀，看起来这么年轻。"

　　"是啊，可人家说你这把年龄还装嫩，挺难看的吧？看起来年轻是好，可我……"

　　"你是看起来年轻呀。对吧？"

　　不大清楚妈妈桑征求同意的对象是师傅，还是自己，但鲇太朗回答说："对，看起来是。"师傅也答"是呀"。之后他随即转向鲇太朗，伸出手，说道："那就后天六点开始吧。"两人认真握了手。

　　"这个，履历表……"

“对对，我忘了。瞧我这马虎劲儿。我先收下了。”

师傅接过鲇太朗的履历书，打开，夸奖道：“嗬嗬，字很漂亮啊。”

走出丸子屋的厨房，呼吸了油腻味儿的咽喉感觉到冷空气的清爽。走了几步回头，见花园桑探出半个身子在挥手。鲇太朗慌忙俯首致意。

他打算原路返回：从大学后门进，横过学生食堂前的红砖广场，回家。

鲇太朗穿过裸露的悬铃木行道树，来到广场，看见点点一人坐在长椅上，低着头。鲇太朗想悄悄走开的，但这时她抬起了脸，他不能没表示。点点也没对他笑，又低下头。从身后的建筑物传来吵闹鼓声。学生食堂上面，是轻音乐部的练习室。

“点点，你在干什么？”

他走过去打招呼，她停下玩弄手机的手，只抬了抬视线。她嘟哝一声“没什么”，“啪”地合上手机。

“还好吧？”

“你呢？”

“嗯，还好。刚刚去面试兼职了。”

鲇太朗在点点旁边坐下。这一来，点点往旁边移了移，空出一个人的位置。

“要兼职打工？怎样的工作？”

“是便当店。知道益夫君吗？他介绍的。你呢？还在薄饼店干吗？"

"对，时不时干干。"

"是吗，挺好的。"

"什么事挺好的？"

点点凝视着自己裙下露出的膝头。轻音乐部的鼓声激昂起来。仿佛十个醉汉挥舞着十根鼓槌狂敲。

"啊，那个——要说什么挺好的……薄饼店挺适合你……而且你还是那么有活力……"

"还是那么有活力？我吗？"

她的声音在看不见的鼓槌上轻轻反弹，高低不平。

"点点，你莫非在生气？"

"没什么好生气的。我为什么要生气？"

"没生气就好呀。"

"我对谁都不生气了。"

"为什么？"

"这……"

点点终于看过来了。而她凶凶的表情，从眼角开始化解。像转移脸颊内加热的柔情似的，对他笑笑。

"抱歉。"

点点说着，连笑脸也融化了，低下头。鲇太朗察觉她说的是儿鸟小姐的事情。

"点点，你不必道歉。"

鲇太朗往两人之间的空位移动，要把手搭在她肩头。

点点再往边上挪，躲开他的手。她几乎要掉下长椅了。

"不是你的问题啦。是我的疏忽造成的。在变成那样子以前，我应该想办法的……"

点点抬起脸，再次跟鲇太朗目光相遇。

之后的几十秒里，刚才她转移向他的亲切，这回从他的眼睛注入她眼中。点点迟疑着，伸手勾着鲇太朗的脖子。然后，把伸出的手搁在他右肩头。

她觉得自己的手就像趴在神仙肩头的小动物。

"鲇太朗，我今晚去慎平家吃饭。他说要做给我吃。哎，一起来吧？"

"啊？ 今晚？"

"来吧。你在更高兴。跟他两个人吃饭，我有时闷得够呛，只能把气撒在碗里了……"

点点挪近鲇太朗，又鼓起勇气，搂紧他的肩头。

鲇太朗想象着自己跟点点、慎平在暖烘烘的房间里围着热气腾腾的饭菜的情景。温暖的房间…… 热汽……锅……啊啊，那是清炖鸡！ 在鲇太朗记忆中，两人没吃成的清炖鸡，就像脱离轨道的人造卫星，在宇宙里飘荡。一想到那种孤独，鲇太朗的心变成了沙子，要从右手和背部的伤口冒出来。

"对不起，点点。今天实在不行。我现在就要去姐姐那里。"

虽然没计划，但鲇太朗决定这么办。

点点无奈地嘟哝"是嘛"。搭在他肩头的手，绕过他后背，失神地返回她的膝上。

就这么回公寓也行的，可他歉疚对点点撒了谎，就穿过公园，往车站走去。

按了门铃等百合子应门之间，鲇太朗发现脚下有只小小的蜘蛛。他把穿旅游鞋的脚伸到蜘蛛的前进路线上，蜘蛛爬过旅游鞋，照旧笔直前进。门里头传来"来啦来啦"的欢快回应，百合子探出脸来。

"怎么，是你呀？"

她看了一眼弟弟的脸，就松开了扶在门上的手。

"你失望了？有其他人要来吗？"

鲇太朗用脚挡住要关上的门，问道。百合子已经转过身，要返回客厅了。鲇太朗慌忙脱下鞋子，跟上姐姐，见客厅餐桌上放着银色的小桶。

"这是什么？"

鲇太朗走过去窥探一下，里头什么也没有。

"红酒冰桶。餐厅常见的吧。里面放冰，把酒瓶插进去。"

百合子在厨房喊道。还传来使劲关冰箱门的声音。

"哦，是那个。我第一次看见在家里使用。"

"我也没见过。原先在家里就没喝过红酒。"

鲇太朗窥探一下厨房。百合子用匙子往放了白奶酪和西红柿的碟子洒油。

"有客人来？我在要不要紧？"

"你在也行。都是女人，有你这么个毛头小子在，气氛轻松一点。"

"姐夫呢？"

"不在。"

百合子洒好了油，给碟子蒙上薄膜，放进冰箱。然后，她把鸡蛋敲进平底锅里的绿色酱料搅拌。

"今天做意大利菜。"

鲇太朗的目光停在案板上的菜刀上，心思又飞到那一瞬间。什么时候，才能拿菜刀时不去想清炖鸡呢……才能不去想儿鸟小姐……抛弃她遗留的所有东西，以不带一丝阴影的好心情，唱歌、爬山、牵另一个人的手呢？真能那样子吗？

"客人马上就到。"

百合子很自然地操着菜刀，干练地切胡萝卜丝。

"客人是谁？"

"朋友带出版社的人过来。"

"出版社？怎么，真要出书？"

"还没定呢。——还没写完嘛。"

"可是，为什么要这样的人来呢？"

"今天只是吃饭啦。我跟有子说，你认识出版方面的人吗？——对了，之前你见过有子的。她说有，我就

102

请了。"

"男的？"

"女的。"

"有计划吗？"

"就因为能拿出来的计划呀之类都没有，还没法说嘛。"

百合子把切的萝卜丝一下子都放进平底锅里。

"哎，看这个。"

看看她指示的，在绿色酱里，细长的胡萝卜丝像散乱的自动铅笔芯。百合子倒进鸡蛋一搅拌，胡萝卜丝一下子沉到酱里。

"还是说你吧——跟那个女人没有关系了吧？"

"那个女人？"

鲇太朗明知故问。

"那个公民馆的疯女人。"

"你别那样说呀。"

"你怎么还那样？你老这样说的话，我还得送你住院。你往坏处想想啊。你可能没命了……你愿意吗？做好人也得适可而止。"

百合子自顾发脾气，鲇太朗离开厨房，坐在餐椅上。那是儿鸟小姐曾坐过的椅子。她在这里敲着键盘、吃咖喱饭，鲇太朗给她加了牛奶。

眼前是白色的墙壁，但细看时浮现小格子图案。这小小方格里，似乎都有儿鸟小姐的目光。鲇太朗紧盯着墙壁，想把它拆下卷起，收藏起来。

台子对面，百合子开始洗东西。

"你知道吗？"

她手上忙着，对弟弟的侧脸大声问道。忙于收藏的鲇太朗什么也没说，百合子继续说话。

"洗刷碟子上的油污，什么办法最快？"

鲇太朗默默注视着墙壁。

"不是洗洁精啦。是烧得开开的热水哩。把热水哗地浇上去就干净了，几乎连洗洁精都不用，知道吗？"

百合子冲刷着餐具的泡沫。

"你也一样啊。你现在需要的，不是洗洁精的泡泡，是开开的热水！"

洗完了碟子，百合子甩甩手上的水，夹着毛巾拍手。

"哎，听我说了吗？"

百合子走到客厅，拍拍弟弟的肩头，他回头的眼睛里带着泪花。百合子双手夹着他的脸颊。

"哎，吃了再走吧？"

鲇太朗点点头。

没多久，叫有子的朋友和在出版社工作的女人来了，众人饮红酒、吃饭。鲇太朗作为女主人的弟弟举止得宜，受款待的三人一直心情很好。

她们离开后，鲇太朗帮百合子洗餐具。百合子往洗物槽里的碟子浇烧开的热水时，槽底"哐"的一声响，两人都吓了一跳。

第二天，鲇太朗带上印鉴和存折、入会金，快步走进健身房的自动门。

三名接待员中，只右边那位换了男的，左边那位睡眼惺忪的女子，今天仍是她，还是睡眼惺忪的模样。三人一起点头致意："您好！"中间的女子"噢"一声，认出了他。

"您是，中里教练的……"

左边的女子被胳膊肘拐了一下，连忙说："啊？对、对！"以不自然的笑脸迎接客人。鲇太朗站在她面前。

"不好意思。我今天带了印鉴、存折和钱来了。还有更换的衣服、毛巾和鞋也带来了。"

"噢，是吗！那我就把上次填的……我找出来，您先请坐。"

鲇太朗按她示意，坐在前几天填写入会申请书的钢管椅子上。

在接待员过来之前，他取出信封里一连六张的证件照片，打量起来。来这里之前，他想起申请书上有贴照片一栏，特地去大学生活协同组合照了来的。六张当然都一样，但他觉得"这张的脸不行"，再看看旁边，都是不行的，上下的也都那样。他后悔当时没按"重拍"键。接待

105

员拿着申请书过来，指示了三处盖印鉴的地方，返回柜台。

鲇太朗盖好印，一边擦掉印油，一边回头看柜台；他见之前三姐介绍的叫小聪的少女走进健身房来。小聪向柜台的条码读取器验过会员证，目不斜视地走进里头的教室。一名接待员察觉鲇太朗的视线，过来接了申请表。她一只手拿着数码相机。

"好的，那么，我们来拍一张会员证用的照片吧。"

"哦，照片……"

鲇太朗递上证件照，接待员"嗯"一声，目光落在六个头像的照片上。

"您拍了照片来的呀？"

"是的。"

"一般是由我们拍数码照片的……我去问一下。"

她拿着照片去柜台，给同事看了之后，点了几次头，又返回来。

"据说这样也行。"

她手拿剪刀，告知鲇太朗后，剪下两张照片，在其中一张背后涂上固体胶水，贴在申请表的名字旁边。

"麻烦您了。先使用这个临时会员证。"

接待员放在桌子上的，是很像牙医诊治证的粉红色的卡。

"您今天起使用吗？"

"哦，是的。可以的话。"

"顺便告诉您，今天中里教练应该是在教爵士舞和健美操。健美操马上就会开始。"

"那我就做这个。"

"男更衣室在里头右边。中里教练是在男更衣室前的小的B教室。还有其他不明白的地方吗？"

"没有了。"

"那，中途有不清楚的事情请随时问。离开时，请务必预约免费的体力测定和新学员培训。"

她在粉红色的临时会员证上写了个数字，递给鲇太朗。鲇太朗看着剩下四个人头的一版照片，感觉故去了两个老朋友似的。

走去里头的更衣室的途中，隔着写有"B教室"的房间玻璃，能看见刚才的少女盘腿坐着。她严厉的表情不像一个高中生，她正瞪着镜中的自己。

"咦，鲇太朗！"

从更衣室出来的桃子，今天穿一身米色的宽松运动服。

"你又来了？正式入会了吗？"

"嗯，入了。"

"太好啦。今天开始活动吗？"

"嗯，想学你的健美操……"

"那赶紧换衣服，还有一分钟就开始。"

桃子说着，突然向玻璃那头挥挥手。是小聪看着他们。

"快换好衣服过来。"

桃子推一下鲇太朗的胳膊，鲇太朗照吩咐急忙前往更衣室，换上高中上体育课的 T 恤衫和运动短裤。

鲇太朗一开门，见练习课已开始，录音机放出钢琴的旋律。面带笑容的桃子站在教室前头，她摊开双手，像要接住什么似的。

"来呀，深呼吸！ 手举起来，举高点！ 举上天空！嘿，心情多舒畅！"

桃子用目光示意呆站在门口的鲇太朗，让他进入教室。里面是七个学生举着双手，除了小聪，都是中年妇女。中间的一个人向新加入的鲇太朗送上宜人的微笑。学生们成两排，前面四人，后面三人，于是鲇太朗站到后排边上。旁边是小聪。

"你好。"

鲇太朗打声招呼，留意声音不干扰音乐。他赶紧模仿桃子的姿势。两腿大大地伸展开，手臂像竹蜻蜓一样与身体成直角，然后上半身大幅度倾侧。

"放慢来，放慢来！ 感觉舒服就行！ 不要弄痛了！别勉强，别比较！ 只要感觉舒服就行！"

桃子配合着钢琴音乐，像唱歌一样发出指示。

"好啦，这回跟旁边的人来！ 牵起手！ 感觉到对方的力，拉，拉！"

因为前面四人都跟旁边的人拉起手，鲇太朗也靠近旁边的少女，侧着上半身，伸出双手。小聪也伸出手。他们在镜中目光相视，牵起手。她的手冰凉、僵硬。小聪使劲拉扯，鲇太朗也照样使劲拉，不输给她。

"等等，等等！ 不行不行！ 这不是比力气。"

桃子指点着其他组合，见二人在角力，慌忙制止。鲇太朗想慢慢减力，但小聪突然撒手，他的身体失去了重心，栽倒在另一边。桃子"哈哈"笑着，扶起弟弟。

"对不起。"

小聪没太在意，鲇太朗也带着笑说"没事"。

"小聪，这家伙不久前还是个伤员，你轻点啊。"

桃子说完，回到原先的位置。鲇太朗再次摆出同样的姿势，要她的手。但牵起手后，小聪使的劲比刚才还大，鲇太朗心中不安起来，不知她何时松手。

健美操课一结束，鲇太朗原地趴着休息。中年女人们跟桃子道别，雀跃地说着"我们接下来一起去岩盘浴"，相约走了。

"瞧你，鲇太朗。这样就累坏了，你马上就得退出啦。"

鲇太朗把脸搁在手臂上，看姐姐的脸。小聪在一旁忍住笑。

"哎，小聪，你说说他。没点儿男子汉气魄。"

"桃子老师，什么是男子汉气魄？"

"噢，怎么说好呢？ 就是男人的狠劲吧？ 下次查了辞典告诉你。"

小聪点头笑。

"我说小聪，你今晚有空吗？"

桃子亲切地把手搁在少女肩头。两人近距离互相看着。鲇太朗心怦怦跳，垂下视线：她们不是有什么特殊关系吧？

"没特别的事情。"

"那，跟我们一起吃饭吧？"

"嗯？"

鲇太朗在地上支起肘，抬起脸。

"你肯定没事吧？ 你有地方要去吗，接下来？"

"哦，我没有……"

"那就行啦。哎，小聪，怎么样？ 鲇太朗一起来也行的话。"

"行啊，我去。"

小聪简短回答，对鲇太朗微笑。鲇太朗突然觉得自己姿势不雅，欠起身，跟二人一样抱膝坐。

"好，那就定了。那现在去换衣服，六点半集中。我得写今天的报告，所以你们准备好了，就在大堂等我。"

桃子和小聪轻快地站起来，走出了教室。一群年轻女子一边说笑一边走进来，跟两人相错而过，这些人穿芭蕾舞鞋和长筒腿套。她们发现里面的鲇太朗，视线像棉花一样包裹了他。看着他脸红红地快步走出教室，所有人都对这个青年人印象不错。

　　鲇太朗换好了衣服，来到大堂，见小聪一人坐在接待处旁的沙发上。小聪双手捧着白色手机，像举蜡烛一样，眼睛盯着手机屏。

　　鲇太朗挑了稍微离开的沙发坐下，等待桃子。当他觉得等了挺久，开始看手表时，小聪突然一屁股坐到他身边。

　　"哎，真慢呀，那个……"

　　在这个少女面前，鲇太朗迟疑着不知怎么称呼姐姐。

　　"桃子老师？"

　　小聪说着，露出白齿。

　　"对对，桃子老师。"

　　"你是桃子老师的弟弟吧？"

　　"对呀。我们重新认识一下。"

　　鲇太朗伸出手，小聪也说了"你好"，使劲握了他的手。

　　"嗯——你是叫聪子吧？"

　　"噢。不过大家都喊'小聪'，你也叫'小聪'就行。"

　　"哦，是嘛。"

　　"鲇太朗，你有没有想死的时候？"

在鲇太朗领会问题的意思之前，小聪说声"来了"，向走廊那头挥手。鲇太朗望去，桃子身穿紫罗兰色大衣，正从更衣室走过来。但是，正当她向二人举起手时，一旁突然走出个晒得黝黑的大个子青年，挡住她的去路。

小聪凑近鲇太朗耳边说：

"告诉你吧，"

"什么？"

"那个人喜欢桃子老师哩。"

耳朵痒痒的，鲇太朗不由得耸起肩头。两眼盯紧了堵在桃子面前的宽大后背。

"莫非他是——大学生？"

鲇太朗想起了不久前百合子说的来健身房的大学生。时机上就差一点，他几乎就取代儿鸟小姐做了百合子的助手。

"对呀，是大学生。叫天野君。桃子老师在的日子，他几乎都来。"

"不过，他没在刚才的班上呀？"

"所有班他都在，人家要怀疑嘛。那样子太放肆了。他还是很谨慎的。"

"说是谨慎……"

"还是暴露了。"

小聪缩缩脖子笑道。这女孩子笑得好看，鲇太朗心想。有一点儿像刚入学时认识的点点。

桃子跟天野君两人向鲇太朗他们走过来。鲇太朗和小聪同时站起来。

　　"对不起，让你们久等啦。"

　　桃子对二人笑道。天野君点头致意："你好，小聪。"小聪说声"你好"，便望向别的地方。

　　"天野君，这位是我弟弟鲇太朗。大学二年级——对吧？　鲇太朗，这位是天野君。你们俩年龄一样吧？"

　　"哦，我是三年级。"

　　天野马上答道。

　　"是吗？　那天野君是哥哥啦。"

　　"不过我是三月出生的……才二十岁。"

　　"噢，是嘛？　那你也是二十岁？"

　　鲇太朗点头。

　　"那还是同一年的呀。"

　　天野君和鲇太朗目光相遇，两人都面带微笑。

　　"天野君，辛苦啦。再见。"

　　桃子向他挥挥手，向接待处点头致意："我先走啦。"她拉起小聪的手，走向自动门。鲇太朗连忙向天野君点头说声"再见"，跟上二人。

　　"等等，小桃，跟他就那样，行吗？"

　　鲇太朗向自动门里头目送自己的天野君再次点头致意，回头问桃子。

　　"行，就那样！"

不知为何不是桃子，而是小聪作答。

　　"那人好烦的。"

　　"你向我介绍了他，我还以为会跟他一起吃饭呢。"

　　"为什么要跟他？"

　　小聪瞪了鲇太朗一眼。

　　"我要是能跟小聪一样明确表示就好了，因为他毕竟是我们的顾客嘛。"

　　桃子用空着的手拉过鲇太朗，并排走起来。

　　"哎，他差一点做了二姐的助手吧？"

　　听鲇太朗这么问，桃子笑答"倒是有这么回事"。

　　"是说过的。说来，要是先用了他，你也不必挨刀扎啦。你的流血事件，追根溯源是天野君之故啊？"

　　"咦，是怎么回事？"

　　看桃子张口要答小聪的问题，鲇太朗从旁说："什么也没有啦。"

　　"哎，鲇太朗挨刀扎了吗？"

　　小聪担心地盯着鲇太朗的脸看。

　　"哪里，没挨刀扎。"

　　"可是，练操的时候桃子老师也说了，你是个伤员什么的。哎，那是挨了刀扎的伤吗？"

　　"我说了没挨刀扎。"

　　"骗人。桃子老师，是那样吧？　谁扎的？"

　　被问的桃子一副很满足的表情，她扣紧了弟弟的胳膊。鲇太朗用目光向自动门那一头的天野君求助。

他还在那里，大无畏地挥着手。

三人在昏暗的面店吃了晚饭，把小聪送到家。

她住在面店附近的旧公寓。建筑物正中间成八字，从左从右都能上去。在楼梯前，有一排六个都没关紧的邮箱。

"小聪，再见。"

桃子拍拍小聪肩头。

"嗯，拜拜。谢谢招待。"

"明天来吗？"

"嗯——还定不了。有精神就去。"

路灯照射下的小聪的身子，扁扁的，摇摇晃晃，仿佛为塞入多余的魂魄而赶做的一个临时容器。似乎一下子就能透过白色大衣，看见藏在那里头的鬼怪。

"鲇太朗呢，明天来吗？"

"啊，我？ 明天嘛……对了，明天要兼职打工，来不了。"

"是吗……"

"嗯。"

"好的。再见啦。拜拜。鲇太朗和桃子老师。"

小聪跑上公寓的楼梯。听见"咔嚓、咔嚓"的开锁声，听见开门关门的声音。

"走吧。"

桃子拉起鲇太朗的手走起来。

这条路行人稀少，路灯闪烁不定，阴森森的。离远一点看，不知是黄黄的灯光所致，抑或杂乱的电线影子造成的，小聪的公寓看起来像一座不安的、别有隐情的建筑物。在那六扇门里头，也许就有窝藏小流氓的避世女子，或者纠结同党策划革命的学生，夜夜徘徊在生死之间——鲇太朗心中不安起来。

"这女孩子喜欢你呢。"

桃子冷不防说道。

"噢？"

"分手的时候，你看她最后的眼神了吧？"

"看到了呀。"

"女高中生不得了哇。"

鲇太朗试着说出口："女高中生……"

"她虽然是高中生，但没上学。哦，我不知道她是不是真退学了。也许只是休学而已。目前是没上学。"

"为什么？"

"说是家里的问题。详情我也不知道。"

"哦……"

"那公寓，现在也几乎是她一个人在住。"

"她爸爸和妈妈呢？"

"我感觉是离婚了。似乎她是跟妈妈一起住在那里，她妈好像极少回来。"

"兄弟姐妹呢？"

"没有。"

原来是这样，鲇太朗应着，回想起做健美操时，小聪使劲拉扯的手的冰凉。

"她不上学，但来健身房。说是从初中时起，他们家就是会员。我觉得她挺可爱的，留意起来，不想她孤零零的。"

一想到全家都来健身房的家庭也会瓦解，鲇太朗感到孤寂。

鲇太朗的家人除了桃子以外，都对健身完全没兴趣，既没有一起上过健身房，也没一起练习投球、骑自行车什么的，但关系不错。如果生为家中老幺，小聪肯定受宠于姐姐们，穿过的漂亮衣服最终都归她，尤其是自己一定对她照料周到、会带她去任何地方吧……鲇太朗怜惜地想象着独生女小聪。但是，他突然想起在大堂等桃子时，她唐突的问题。

"哎，刚才跟那女孩两个人在一起时，她突然问我有没有想过死。"

"咦，马上就来事？"

桃子皱起眉头。

"当时正好你过来，就失去回应的时机了。"

"你正经回答她就好了。"

117

"她没事吧？有很大的烦恼吗？"

"我觉得她不是认真的。我也被她问过几次，但一个高中生，就爱那么想的吧？想知道大家也有过想死的感觉，就放心了吧。"

"你一般怎么回答的呢？"

"我说有时会。——其实是没有的。"

"原来是这样……不过有点担心。"

"既然这样，你就关照一下她吧。大学生马上就春假了吧？很多时间吧？她几乎没有朋友，而且是独生女，一定视你为大哥。我跟她太亲近的话，会有问题的……"

一瞬间，鲇太朗心头冒起绿色妖怪的身影。那蠢东西，无从寻找治愈自己的药。可怜的家伙，只是在电线杆背后，寻求吹来腥风的某个人……

桃子把鲇太朗的沉默当作承诺的表示，像往日的糖块一样。

"所以呢，就拜托你啦。"

姐弟俩在稀疏的星空下无言地走了好一会儿。

绿色妖怪消失了。他回想起少年时代跟三位姐姐数着天花板的星星图案入睡的情景。慢慢地，他觉得并排的双层床之间，放了一张小床，一个小女孩乖乖睡着了。

路边一家人的自动门灯啪地亮起，照射着姐弟俩的路。

六

鲇太朗深吸一口气，打开丸子屋后门。

他一进门，就大声问好："晚上好！"师傅从报纸上抬起脸，说："问好啊，说早上好。"

"虽然是傍晚了，不过我们店子任何时候都说早上好。"

站在油炸锅前的妈妈桑补充道。油里的褐色小块发出"啪叽啪叽"的声音。

"好的，我明白了。"

"今天是第一天，所以你轻松点。我来教你，你得记住了。"

师傅的平头戴着帽子。从头一次见他时起，鲇太朗就觉得他像某个人，现在，他发现师傅是像"海上的男人"，心里就舒畅了。师傅这副样子，比起待在便当店里，更适合穿上长筒靴，待在插着旗子、满是酒瓶的小船上。

"穿上这个。"

妈妈桑递过条纹围裙和纸叠的帽子。然后胖身子一挤，把鲇太朗挤到厨房旁边的窄长空间里。那是个算不上休息室或者走廊的地方，憋屈得很；放着一排五个储物柜，封印剥落得痕迹斑斑。储物柜上面大大小小的纸箱子堆叠至天花板。

"在这里更衣。厨房即使冬天也热，脱掉毛衣为好。还会沾上油的气味。你的柜子是最前面这个。但不是你一个人的，是几个人公用，所以别弄错了人家的围裙。"

"请问，益夫君今天来吗？"

鲇太朗看看墙上贴的轮班表。

"益夫君？ 是说井上君吗？"

"对。"

"他不来。因为昨天来了。今天来的是，哎，今天是谁？"

妈妈桑中途变得大声，对厨房的师傅喊道。

短暂的沉默之后，有了回音："今天是井上君。啊，不对，今天只有中里君。"

"哦。"

因为在狭窄的空间里紧挨着身宽体胖的妈妈桑，鲇太朗很难脱下大衣。打开储物柜看，挂着五个衣架，但围裙都掉在柜底。柜门里侧的地方，有发刷和许多橡皮圈。

"哎，准备好了就出来吧。"

妈妈桑返回厨房。

鲇太朗脱下毛衣，系上围裙，撑撑帽子，戴上。照照柜子上的圆镜子，感觉自己也有点像海上的男人了。

"我准备好啦。"

他来到厨房,师傅正面打量他,夸道:"很合适。"

"那就开始了。"

他正站起身,电话铃响了,妈妈桑接听。最后她连连点头:"好的、好的、好的。"然后挂断电话。她面无表情地告诉二人:"四个干炸,消防署。"

"好,来吧!"

师傅从叠放在不锈钢台子上的塑料便当盒中拿出四个,打开盖子。里面已经装好了荧光粉色的腌菜和野苣。

"你看这个,已经准备好了,要装上饭菜。首先是饭。这上半部装满了就行。不要小气。这是芝麻。这正中间是梅干。——梅干在小冰箱的塑料盒里。完了之后,这边下面放叶兰。——叶兰,知道吗? 就是这种锯齿状、像草的东西。然后,干炸食品。干炸食品呢,这个时间已经是做好了的,在保温盒子里。一盒装五个便当。这是盖子。盖子会鼓起,但不必在意。最后包上这种纸,然后橡皮圈。盖子太鼓的话,按压上下两个地方。我把它放在这里给你作样板,你试试看。"

鲇太朗看样学样,照吩咐装了便当盒,但他一个还没弄好,师傅已经做好了剩下的两个。

"嗯,开头是这样的。不用着急,别弄错了就行。好,你去跑一趟。"

"啊,去哪里?"

121

"哪里?当然是消防署嘛。"

"我去吗?送货?"

"对呀。"

"今天是头一天,我行吗?"

"就在旁边啦,没问题,没问题。你送过去,收钱,给他收据。上后边的楼梯,进去后左边的办公室。借给你自行车,你得亮着灯骑车,人家好歹是消防署嘛。"

师傅微笑着送走了鲇太朗。

店子的自行车很旧,车灯像是从轮子转动获得能量的,不断发出老人哀叹似的声音。鲇太朗用全身力气蹬车,不让便当凉了。

鲇太朗停好自行车,跑上消防署后门的阶梯,玻璃门里头是昏暗的走廊。鲇太朗拿好尼龙袋,进入里面。消防署很静。这个地区的所有火灾都归这里管。

"送便当吗?"

右边门一开,一个中年男子走出来。

"是的,丸子屋的。"

"没见过嘛,新来的?"

"对,我是今天起上班的中里,请多关照。"

鲇太朗躬身致意,那男子摸摸有点昆虫感觉的脑袋,说声"肚子饿啦",露出难看的齿列笑。鲇太朗感觉这个人不协调,是因为他没穿那种勇猛的橙色消防服,而是一身朴素的深蓝色制服。

“这边来。”

由那男子带着进了左边房间，办公桌围坐着三个男人。全部穿深蓝色制服。

“我送来四个干炸便当。”

鲇太朗把尼龙袋放在桌边，三个男人默默伸出手，掰开一次性筷子开始吃。

“嗯，便当钱是一千九百六十日元。”

他对最先见到的男子说，那男子掏出纸币给他：“给钱。”

“两千日元的钞票，很少见吧？ 给我收据。”

“谢谢。找您四十日元。”

“不用找了。”

“不，我准备了。”

鲇太朗递上收据之后，打开硬币的小包，递给那男子四十日元。但那男子猛摇手，一再说“不要，不要”。

“可是，该多少就是多少。”

“我说了不用。平时都麻烦你们，四十日元这么点数目，就算啦。”

“这不大好。”

“我保密就行啦。攒下零钱，去买果汁嘛。”

“即使保密，也会露馅的。”

“你这个新伙计，没气魄嘛。就四十日元，无所谓啦。”

"可今天是头一天，头一天就有这样的事情……"

"嘿，不就四十日元嘛！说了给你，你就拿着！"

鲇太朗手握四枚十日元硬币，被赶出了房间。三个男人用心咀嚼干炸食物，对同事跟鲇太朗的一来一往丝毫没有兴趣。鲇太朗一边蹬自行车，一边想：稍后问一下益夫，他们的工作是什么。

"他们不收找的零钱。"

鲇太朗一返回厨房，就向师傅报告。他只"哦，是嘛"，就接过硬币小包丢在作业台上。

"说是四十日元就算了……"

"那里总是这样子。"

师傅用网子一下子捞起在油锅里冒泡泡的炸火腿，热油翻滚起来，炸焦的碎屑挤在锅边。

晚上十二点工作结束，鲇太朗步行回家。

大衣底下，衬衣散发着油炸的气味。左手拿着塞满油炸食物的塑料盒。他一边啃着已经凉了的炸紫菜食物，一边走路。

昏暗的天空，挂着美女眼梢似的月亮。

鲇太朗回想迄今见过的种种美人。一想到也包括见不到第二回的人，胸口就堵得慌。他一次把三块炸紫菜食物塞进嘴里。

油乎乎、软绵绵的鱼卷筒使他产生了野性的感觉。

薄薄的云胆怯似的躲着月亮流动。

期末考试结束，鲇太朗在便当店连续干了三天之后，倒头睡到第二天中午。他用塑料盒里的油炸食品作午餐，然后出门去大学查阅邮件。

春假了。电脑室里没有熟人的面孔，也没收到什么重要邮件；他出了房间走在走廊上，谁也没碰到。他想去一下慎平的住处吧，往出口走去，这时，边上的教室传来说话声。

里头是朗读研究会的成员，他们很投入地分组练习表演连环画剧。靠前的这个组表演《劈啪劈啪山》①。看着懵然不知的狸子在划泥船，鲇太朗突然实实在在地觉得，现在是他迄今人生中最自由、最无聊的时期，只在此刻，今后也不会再有了吧。

他想，去健身房锻炼身体吧。说来，桃子请他关照的那位叫小聪的女孩子还好吗？ 自三人一起吃面条那天以来，因为考试或者打工，鲇太朗还没去过健身房。但是，现在要穿过公园去电车站、买票上电车、走十分钟路之后运动，以此清除这种自由和无聊，实在太浪费。

他走到外面，见通向礼堂的阶梯中段，点点和慎平靠

---

① 日本传说故事之一。内容为坏蛋狸杀害了老奶奶，兔子替老爷爷报仇。

在扶手上。两人沐浴着黯淡下去的冬日夕阳，都低着头。

"慎平！ 点点！"

鲇太朗打招呼，慎平"嗨！"地回应。点点迟了几秒钟，问："你还好吗？"

两人仿佛是在等自己，鲇太朗高兴起来。

"我正想要不要去慎平那里呢。太巧啦。你们俩在干什么？"

"没什么。正好两人都有事上图书馆，正要回去。"

"在这里干什么？"

"我们正在欣赏晚霞呢。"

慎平说着，挺得意，斜着瞅点点。

"听说你开始兼职打工？ ——我听点点说的。"

"对呀。在便当店打工。到昨天是连干三天啦。知道吗，丸子屋？"

"我知道，我知道。益夫打工的地方，对吧？ 你要找工作的话，我本可以介绍去我那家漫画咖啡店的。"

"还是便当店好。又近，剩下的又能拿走。"

"鲇太朗，你系围裙给人家做便当？"

点点一脸失望地问道。

"对，实际上……"

"你系围裙的模样，实在难以想象。点点，我们找时间去看看他。"

"也许吧。"

126

鲇太朗学着两人欣赏晚霞。他做不来，就交替打量眼前染成暗红色的慎平和点点的脸，在心里为两人的幸福祈祷。他想，两人如果结婚，在婚宴上代表朋友致辞的就是自己了吧。

　　大群乌鸦被树林吸收似的落在环绕礼堂的树林里。

　　"鲇太朗！"

　　突然被人大喊名字，鲇太朗一下子抓住扶手。叫声从后面较远处传来。鲇太朗一回头，见一个苗条姑娘跨着自行车，一只脚撑地，大幅度挥手。

　　"她是谁？"

　　点点不是问鲇太朗，而是问慎平。可慎平只能摇头。

　　少女摆动着白色大衣的衣裾，脚蹬地滑行来到台阶前。鲇太朗慌忙跑上前。

　　"小聪，有什么事吗？"

　　"我没事干，过来玩的。我想，来校园里会遇上你吗？"

　　少女连长长的脖子也泛红了，她害羞地答道。

　　台阶上的慎平和点点各自心头都笼罩着不祥的预感，重新打量这个突然冒出来的少女。少女停好自行车，跟鲇太朗走上台阶来。

　　"这位是健身房的，小聪。"

　　二人停在低三级台阶处，鲇太朗介绍小聪。

　　"健身房？"

"嗯，这阵子我开始上健身房了。因为我三姐在当教练。"

"嘿……你好多姐姐啊。"

慎平不让小聪察觉心头的阴影，笑着跟对方搭话："你好，我是后藤。"点点也点头致意："我是新野。"小聪不安地瞄一眼鲇太朗，但受他笑容的鼓励，也同样点头寒暄："我是栗田。"

"哎，你从家里骑它过来的？"

鲇太朗指指自行车。这是一辆锈迹斑斑、配置简单的自行车，连齿轮、车篮子都没有。配合高个子的小聪，车座固定在相当高的位置。

"嗯，到这里大约四十分钟吧。也不是那么远啦。"

"四十分钟？厉害啊，精力充沛嘛。"

慎平开玩笑地说，小聪很认真地答"四十分钟也就一会儿"，又把脸转向鲇太朗。

"鲇太朗，你最近怎么没来？"

"噢，要考试，还要兼职打工，没空啊。"

"桃子老师在等你呢。"

"真的？小聪，今天你去过健身房了？"

"没有，不去了，来找你。"

之前放空的点点一愣，正面打量少女。小聪的脸颊里外都染上了暖色，两眼变成了小窗户，满是西下的夕阳。

慎平疑虑重重地说：

"鲇太朗，人家花了四十分钟远道而来，你可得介绍一下这里啦。校园呀，那边公园呀。"

"对呀……怎么样，小聪，走一走？"

不知如何是好的鲇太朗一问，小聪爽快地点了头："嗯。"

"那就走吧。"

鲇太朗和小聪并排走下台阶。

在红砖广场，鲇太朗回头望望，慎平向他挥挥手。点点没看他们。只是把手心当成了抹布，在扶手上搓。

"那小子，也很受小女孩欢迎啊。"

慎平小声嘟哝道。

点点停住当抹布的手，默默握住慎平的手。

鲇太朗和小聪逛了半个校园，向公园走去。

等待夜晚的冷空气，把树木光秃的枝杈像做糖人儿一样，固定为复杂的形状。一对白色鸭子一前一后地站在水池边上。在小聪看来，那一对鸭子就像蛋糕上的糖人偶。那不知用啥做的玩意恐怕是甜的，但肯定不好吃吧。她久久回想着蛋糕这种食物，肚子空空、步子轻轻地走着。车轮不停地吱吱响。集体放学的小学生们显然对这辆自行车有兴趣，她觉得挺得意。

"你经常骑自行车？"

对鲇太朗的问题，小聪"嗯"地点头。

"不论去哪里，我都是骑车或步行。不搭巴士或电车。"

"为什么？"

"得花钱嘛。"

小聪"嘻"地一笑。鲇太朗意识到她是比自己小的小女孩了。于是，他突然想告诉她自己知道的所有事情，他指指水池对面的橙色屋顶。

"那座橙色房子是法式薄饼店，刚才的点点在那里打工。"

"点点是谁？"

"刚才姓新野的那个。"

"是那女孩子。她喜欢你吧？"

小聪很认真地说。

"哪里。她有男朋友。旁边的后藤君是她男朋友啦。"

"可是，她见了我，面孔好可怕。"

鲇太朗默然。但是，小聪没在意，用活泼的声音继续说话。

"哎，鲇太朗，你饿了吗？"

"哦……确实，说来是饿了。吃点东西吧？ 去那边吃薄饼？"

"不，不要那个，我想吃正经的晚饭。"

"行啊。你想吃什么？"

"辣的。"

"吃辣的？咖喱吗？"

"不，不是那种辣，是辣椒的辣。"

"辣椒嘛……"

小聪直勾勾盯着鲇太朗思索的侧脸。

正因为鲇太朗是桃子老师的弟弟，又帅又亲切。第一次见面起，就想跟他交朋友。桃子老师好像察觉她的心情，在三人吃拉面的第二天，桃子老师就说了："有空找鲇太朗玩吧。"可这个鲇太朗，从那时起就不来健身房了！

小聪连日来焦虑不安。她终于按捺不住，其实不单是今天，前一天，再前一天，她都骑自行车来校园找鲇太朗。

"车站那边有很多店，我们先过去再定好了。"

看到鲇太朗的笑容，小聪感觉心中已经做好了某种准备。她"嗯"地点头，挨着他走。她忘了两人之间还存在一辆她骑的自行车。鲇太朗差一点被她的自行车撞上，往右边躲。因为小聪和自行车还照样挨近，他只好走得很靠边，手肘碰着车把。

"哎，小聪，你上健身房很长时间了？我姐好像才干了两年。"

"嗯，很久啦。我从初中时就去了。桃子老师是迄今我最喜欢的教练。又漂亮、又和蔼。哎，鲇太朗，你除了桃子老师以外，还有两个姐姐吧？都是又漂亮又和蔼的吗？"

"我觉得是啊。"

小聪没说话，有点儿陷入沉思的样子。鲇太朗悄悄握住碰到手肘的车把。

穿过了公园，二人过马路，走向车站旁的商店街。鲇太朗打算带她到位于三层的一家餐馆。

停好自行车，二人进入巨型的横长建筑物，商店街的设计，是搭乘去三层的滚梯，得走过二层的时尚街。小聪随时止步不前。但她只是在店外眺望商品，并不入内。每次鲇太朗都站在她身后，等她尽兴。

"这个好可爱！ 想要啊！ 是吧？"

小聪盯着首饰卖场前的人体模型的项链说道。鲇太朗答道："是啊，挺可爱的。"但那模型的脖子上挂了十几条项链，他也不知道她喜欢的是哪一种。

"咦，你也觉得可爱吗？"

小聪一下子回过头来。

"哎，你觉得哪一种可爱？"

"这个吧。"鲇太朗指指看到的一条说道。那是一条金色项链，缀有三颗大大的星。

"我也是！ 我们喜欢的一样。男人也会觉得这样的可爱吗？"

她欢跳着，拍他大衣里的胳膊。

"你想看就进店吧。我等你，有时间。"

132

可是小聪缩缩脖子答道：

"不用，可以啦。反正买不起。想要又买不起，就很没意思了。"

然后二人上了电梯，在美食广场吃了担担面。小聪大汗淋漓，一边说"好辣好辣"，一边吃面喝汤。鲇太朗吃了一碗不饱，又吃一碗。小聪也学他再吃一碗。

出到外面，天已全黑。因怕危险，鲇太朗建议她搭乘电车回去，但她不肯，坚称要骑车回家。

"不行啦，天黑了。那车子没有灯吧？ 警察要扣人的。眼前就是车站，坐电车回家吧。"

"那自行车怎么办呢？ 不能丢下呀。这里是给商店街购物的人停车的嘛。"

"那就我来保管，下次来取吧。"

"明天早上我要用。"

小聪不耐烦地轻轻晃着身子。

"所以，今天绝对要骑回去的！"

"那可不行，危险。"

"嘿！"

她突然轻轻叫一声，露一下白齿笑了。像初次见面那天一样，鲇太朗不由得对那种白看得入神。

"我想到了好办法。"

"什么办法？"

"你也一起回去。"

"噢？"

"不是有时间吗？ 刚才你自己说的。"

"是说了，时间是有……"

"对吧？ 从这里开始走，到家也只是两个小时左右啦，肯定的。好了，就这么定了！"

小聪麻利地开自行车锁，推着车走起来。轮子的吱吱声在夜空中回荡，像伴奏似的。

"我听桃子说了。"

鲇太朗正在洗手，有不好的预感。百合子手撑着洗脸间的墙壁，从旁打量着弟弟。

"你有了个干妹子？"

"干妹子……"

鲇太朗嘟哝着，手掌使劲搓泡泡。

"你说小聪？"

"是真的啦？"

鲇太朗冲掉泡泡，用毛巾擦干手。镜子里正好映照出百合子半张侧脸。

"头一次跟比自己小的女孩子交往吧？"

鲇太朗不理会姐姐，走进厨房，把烧水壶放在煤气灶上。他发现洗物槽里放着碗碟匙子，就用海绵洗起来。

百合子坐在餐桌的椅子上，手搁在键盘，眼睛盯着满是文字的显示屏。一直这样看的话，文字间的空隙会变成某种动物的模样。她正在写小说。

鲇太朗往马克杯里放了两个立顿茶包，加入开水。然后把一杯放在姐姐跟前，另一杯放在对面位置上。

百合子目光离开屏幕，问道：

"哎，那干妹子会变成你的开水吗？"

"什么'开水'？"

"你忘啦？ 冲刷油污时说的话。"

"噢，那个……"

弟弟像在凝视远方，百合子感觉他脸上的皮肤跟屏幕上的动物影子重叠了。然后她想，要让他比现在更好。

搬来这里的新居之前，她曾问能否让鲇太朗一起住，丈夫就答了一句"行啊"。但是，百合子害怕丈夫对弟弟太好，这一点她没跟鲇太朗说。她丈夫是个大方人。对妻弟也总是态度开朗。但他也有很细心的地方，但凡妻子跟弟弟说话，他绝不加入。百合子喜欢他这一点。凭什么我跟你结婚了，鲇太朗就要变成你弟弟？ 百合子欣赏他不理所当然地要插在鲇太朗跟自己之间。对丈夫说"欣赏"是有点怪，是相恋，产生爱情，然后欣赏他。而碰巧她丈夫也是走过同样的过程，最后欣赏她。所以两人之间没有任何问题。

"哎，怎么样嘛？ 那女孩子能成为你的开水吗？"

鲇太朗很困惑地答道："成不了。"

"真的？"

135

"真的。"

"为什么？ 高中生比公民馆好多了吧?她哪年生的?几岁啦？"

"我也不知道……说是现在没上学。不过，感觉不久前还是初中生吧。"

"她把你当哥了吧？ 桃子说了。啊，对了，她说往后就会黏着你吧。或者已经黏着你了？ 你成了她的哥哥吗？或者是她的男友？"

鲇太朗语塞。

之前那个晚上，把小聪送到家时，两人一番争执，最终他进了房间，吃了她送来的点心，泡了澡，在她被窝旁过了一个晚上。但是，那不是他主动的。小聪讨厌孤零零一个人，讨厌得几乎要砸玻璃窗的样子，鲇太朗觉得甩手走掉不负责任，就留下来了。

鲇太朗把这件事大致解释了一下。

"这不是挺好嘛！ 你不是大哥，已经是男朋友啦。"

"不不，完全不是。我真就像看孩子似的，在旁边待着而已。因为我没打算做她男朋友。"

"没打算？"

"这小聪还是个小孩呀。她连那种事情还不懂吧？"

百合子咧嘴笑。她边笑边说："她至少比你知道得多哩。"

"不过，面对她，没那种感觉。"

"哎，你这么年轻，怎么能那么绅士呢？"

"我不知道，至少，小桃也曾要我照顾她，感觉她就是个妹妹……而且，我……"

鲇太朗被姐姐两眼盯着——她的黑眼珠子眼看着变大起来，说不下去了。

"哎，桃子不知道那天晚上的事吧？"

"哦，不知道吧。"

百合子把双手放在弟弟肩头，脑里酝酿着一个诡计。

"这就好。你绝对不能说。照之前桃子的说法，桃子肯定觉得自己是她的保护人。而且桃子这人正经八百，要是她知道了你跟她不清不楚，肯定要像恶魔附身的女巫大发雷霆！"

晚上十点，点点想找鲇太朗买便当，往丸子屋走去。

下雨。据天气预报说，这场雨很快要变成雪。已经三月了，却丝毫没有春天气息。整条街像被冬天涂上了黏合剂。

点点不饿。也不喜欢在家里吃现成饭菜。尽管如此，她还是用伞顶着渐渐变重的雨，踏着要冻僵双脚的空气，往丸子屋走。

大学西侧她不大熟悉。

她租的住处，也跟慎平、鲇太朗的公寓一样，在东侧。有人说西侧比东侧房租便宜，但点点不这么看。这说

137

法出自懒惰又不想去求证的大学生吧，那边不过是很多大学生住而已……点点讨厌西侧的建筑群，与其说那是公寓，还不如叫作收容所算了。大学生们在带〈字形楼梯的低层公寓房间里饮食起居，和分隔房间的薄壁融合、凝结在一起。有谁的恋人来了，就那么凝胶状地一起交合，缠在一起……——点点每次来到西侧，就会这样胡思乱想，但此刻，她对凝胶状的大学生已经无所谓。点点想早一秒钟见到鲇太朗。

踏过花哨的橙色垫子进入店里，短暂的音乐声响起。收银处前没有人。销售柜台后边墙壁上，开了个边长五十厘米的正方形窗口，一张熟悉的男子的脸向点点笑。

"欢迎光临。"

男子脸带笑容从旁边的门走出来。他隔着柜台站在点点面前。点点想不起他的名字，他应该是介绍这份工作给鲇太朗的那个红衬衣男子吧。

点点说出鲇太朗的名字，问他鲇太朗在不在。

"哦，他在。不过他正在淘米。我去喊他？"

"麻烦你。"

"鲇太朗！"

他朝窗口里头喊。

"新野小姐找你。"

点点对于他知道自己的名字多少有些不快，但她没显示出来，静静等着。

138

"哎呀，点点！"

她久久望着从门里出来的鲇太朗，心在颤抖。他头上的白纸帽子，让她觉得他更像是在医院里干活。

"累了吧？ 我是来买便当的。很忙？"

"我正在淘米呢。你知道吗？ 在一个大深底锅里，哗哗地洗，直接就煮。"

"这活儿难吗？"

"挺难的哩。点点，你一个人来的？"

她点点头。益夫像个明事理的朋友，客气地返回里头的厨房，不妨碍二人说话。但墙上有那个窗口，二人的对话会传入里头。

"要哪一种？"

"哪种好呢？ 不太油腻的吧。"

点点手指点着柜台上的品目单。

"紫菜便当……干炸……生姜烧……油炸丸子……"

"都是油腻的呀。"

是什么时候起，这样正面接受鲇太朗的笑容呢?点点想双手攀在他脖子上，更加贴近。不过，她的右手停在油炸丸子便当的照片上面，左手捏着大衣兜里的润喉糖包装纸。

"我要酱炖鲭鱼便当。"

点点右手也插进衣兜里，在墙边椅子坐下。

"益夫君，来一个鲭鱼便当。"

鲇太朗对窗口说道。里头有益夫的动静，和一声"来啦"的回复。

"那先结账，酱炖鲭鱼便当……四百六十日元。"

鲇太朗用食指按一下收银机，黑色的屏幕显示"四百六十"。点点坐着从手袋取出钱包，把四百六十日元托在掌心。她没动，鲇太朗便从柜台里面出来，站在她跟前。

"这里是四百六十日元。"

点点握着硬币，鲇太朗弯下腰，在她的小拳头下摊开手掌，等钱落下来。点点从兜里抽出快冻僵的左手，抓住他的手。手指冰凉。

"好冷！"

鲇太朗慌了，想抽回手。但她更慌，右手握的硬币叮叮当当掉在地上。

"哎呀，钱掉了。"

鲇太朗无奈，想用没被拉住的手去捡掉在地上的硬币。他蹲下来，点点对他头上的纸帽子轻轻吹气，帽子掉了。鲇太朗为难的脸就在跟前。厨房里传来微波炉提示音，随即有纸和橡皮圈的声音。窗口里出现了益夫的眼睛和便当。

"好啦。"

点点这才松开鲇太朗的手。

获得自由的鲇太朗捡起帽子，从小窗口接过便当，装入橙色尼龙袋。然后返回点点处。此刻，点点面前有了一个因饭和鲭鱼的分量而摇晃的尼龙袋。鲇太朗兜里的手机响了。她希望这个便当店整个被炸掉。

鲇太朗取出电话，为难地瞧瞧窗口里头。

"你不听？"

点点这么一问，他关掉铃声，说"上班时间"。但是，这回店里的电话铃响了。厨房里的益夫接听了。"你好，丸子屋。"但他马上从窗口露出脸，递出电话子机："鲇太朗，找你的。"

"你等一下，不好意思。"

鲇太朗留下点点，返回厨房。点点独自捡硬币，留心听窗口里传出的他的声音。

"喂喂，你怎么啦，打到店里来……哎，我听不清呀，再大声点……怎么啦？……不，那不行，我在上班——那不行，我得到十二点。不行啦……过了十二点就行，没什么来不及的。再过一个半小时就十二点了嘛……不，不行，不可能的。"

点点把捡好的硬币放在收银机旁的碟子里，从窗口张望厨房。鲇太朗背向这边，使劲点着头，回应对方。

旁边圆椅子上坐着益夫，他与点点目光相遇。

"谁打来的？"

点点问他。

"不知道。"

"他姐姐？"

"我觉得不是。"

益夫也盯着鲇太朗的后背，在点点眼前，电话线那一头浮现之前她要拿奖杯砸的那个瘦女人，她脸色煞白。

鲇太朗一个劲儿拒绝"不行不行"之后，捂着通话孔问益夫：

"益夫君，可能不行……我今天能提前走吗？"

"你说什么？早退？"

"有紧急情况，来了SOS。"

"SOS？"

"就是说，要出大事了。"

"什么大事呀？"

"她说，'你不来，我就去死'。"

"喂，是谁呀？"

坐立不安的点点猛推开门，走进厨房。门撞在墙壁上，货架上堆的杯装味噌汤有好几个掉了下来。

"哦，她叫小聪，就是点点你见过的那个女孩嘛。哎，之前骑自行车来……"

"那女孩？"

在她脑海里，复苏了夕阳下所见的少女纯真的模样。那脸颊的色彩、年轻温暖的色彩……能无所顾忌地注视鲇太朗的、小窗似的可爱眼睛……

"她说，我不过去，她就死。"

"所以啊，你干吗非去不可呀。你告诉她，谁都有这

142

种时候。我嘛，每两天就有一回想去死。"

益夫说着，手中的杂志哗哗地挥着。但是，点点对他叫嚷起来：

"我来干！"

"什么？"

"我替鲇太朗干活，你跟他说，他可以去！"

"哦，新野你来干？"

"鲇太朗，你对那女孩说你去呀。我会听他吩咐，你去，其他交给我。"

"可是……"

油乎乎的厨房里，沉默瞬间降临。

鲇太朗捂住的通话孔另一头响起了什么东西裂开的声音。这时，益夫突然遭雷击般地站起来，坚决地说：

"好吧，这样也行！ 你去，救那女孩！"

鲇太朗吃惊地看着益夫。他原本血色颇好的脸庞越发红润。

"那就赶紧，鲇太朗。"

"对呀，赶紧去！"

二人可怕的眼神让鲇太朗清醒过来。他对通话孔说声"我马上过去"，就挂断了电话。然后，他几乎把衬衣也扯掉地拉下围裙，交给点点，再打开储物柜，抓起大衣，冲出厨房。

冰冷的空气像一条长带，从没关上的门缝溜进来。

当冷风掠过屋里头点点的脸颊时，她差一点喊出声来。自己来这里，可不是为了干这个。绝非为了做这种事情！ 她推开挡路的益夫，冲出门去。

屋外，雨变成了雪。

鲇太朗手握车把，就要飞身上车。点点冲上前。一吸气，咽喉就受了冻。不知说什么好，但非说不可。

"鲇太朗，雪……"

雪毫不吝啬地下着。

那是为两个幸福的人挨紧、成为一体而下的雪。点点心底里祈祷他把自己放在后座上，走进白色斑点之中。

自行车的灯光远去了。

被撇下的点点在雪中系上手中的围裙。然后，她返回厨房，与益夫隔着不锈钢作业台相对。

七

　　鲇太朗全力蹬车，在昏暗的马路上呼出一串白气，隔几米就出现。

　　雪粒渐渐变大，啪嗒啪嗒地落在万籁俱寂的地上。拐过最后一个路口，终于看见小聪的公寓。这建筑物在冰冷的空气中缩成一团，仿佛整个儿掉进了阴间。没有一个房间亮灯。

　　鲇太朗把车子往墙上一靠，就跑上楼梯，按下小聪房间的门铃。没有回音。一身的雪让大衣冰凉潮湿，脑袋却像聚拢了全身热量，几乎要着火。任何念头都一冒起便融化，从湿淋淋的头发中滑走。

　　不要紧，人不会轻易杀掉自己。鲇太朗调整呼吸，想镇静点。但是，这个想法也马上滑落在通道的水泥地板上。不，不，的确人轻易不会杀掉自己，可要是十七岁的女孩，说不定会。对那孩子来说，这说不定就跟在超市购物、给自行车轮胎打气这种无所谓的事情差不多。要说，若是个身心健康的年轻人，断不会在深夜里往便当店打电话，半真半假地说什么"我要去死"吧？

　　这个念头像一颗硬玻璃粒穿透了他的大脑。

仿佛啪吱啪吱响着、从头顶到脚尖快速冻僵了似的，鲇太朗颤抖起来。耳贴听筒咕噜咕噜重复片言只语迟疑不决之时，接下来的三十分钟里，一条生命轻易就消失了。而且是依赖自己的、姐姐认识的、年轻纯真的生命。怎么回事啊，自己竟不能清清楚楚对她说"你不要死"。小聪她也许就想听这句话，就是那句通过满布全市电话线、通过世界之后，进入耳中的"你不要死"。

鲇太朗自己做好了死的打算。

突然间，抗拒这念头的所有细胞挥动了他的右拳，猛砸眼前的门板。

"小聪！小聪！"

毫无人的气息的公寓里，传出一阵钝响。他想用左拳代替右拳，就那么个停顿的空隙，玄关旁的小窗一下子打开了。纱窗另一头传来纤弱的声音：

"鲇太朗？"

他放下举起了的左手，把脸贴在纱窗上。

"小聪？"

"你来了？"

的确是小聪的声音。鲇太朗凝视里头的昏暗。那里该是厨房，但细格子纱窗后看不见她的身影。是小聪没错，但不知道是不是活着的她。

"小聪，你还活着？"

"嗯。"

"真的?看不见你。"

"从你那边怎么看。"

鲇太朗张开雪球似的右拳，慢慢拉开纱窗。小聪嘟哝着"真的来了……"，抚摸他窗边的手指。

"以为你死掉了，好担心哩。"

感觉迟钝的手指头没传递小聪的体温。只是感觉有些分量的东西压在自己手指上，鲇太朗安心地垂下头。

小聪咽下唾液，横挪一步，站在窗口正面。苍白的脸浮现在昏暗中，安静地呈现在窗框里的面容，看似隐藏在仓库角落的肖像画。

"哎，你生气啦?"

"嗯?"

鲇太朗抬起脸。小聪成了肖像画的脸悲伤地扭曲。

"会原谅我吗?"

"原谅什么?"

"我还是想死。"

小聪想关上窗户。鲇太朗慌忙往相反方向推，但冻僵的手使不上劲，三根手指头被夹在窗户和墙壁之间。

"好痛，好痛!"

小聪定定看着痛得叫唤的鲇太朗，问："骨折了?"

"应该没有……好痛!"

"死会比这更疼吗?"

"当然更疼嘛。应该疼得受不了吧。"

“我讨厌疼。可是想死。”

“没有不疼的死法吧？”

“那我想要能不疼，又可以干净地死的药。”

“那种药，即便有，也贵得很！”

小聪整张脸的表情更加扭曲，闭嘴不说话了。但是，当鲇太朗因寒冷和疼痛，脑袋开始晕乎时，她仿佛这才察觉他的存在，打开了玄关的门。

“进来，很冷吧。”

即使让鲇太朗进房间，关上了门，小聪仍旧站在脱鞋处，没想要他脱鞋子。

也没开电灯，二人近距离相对站立。

“鲇太朗，你说实话。你生气了吧——之前的事。”

“之前，是说之前晚上的事吗？”

“因为我勉强你留下来，你生气了吧？”

“没有，我没生气啦。”

“骗人。没生气的话，为什么毫无音信？”

“为什么……我不知道你的联系方法呀。”

“你来这里就行了嘛。”

“那倒是……我想再去健身房就能见面了。不过，我一点也没生气。反而是要请你原谅吧，厚着脸皮闯进人家家里……总之呢，我没生气，你别在这样的晚上说什么要去死了吧。”

眼睛眨巴眨巴之后，鲇太朗渐渐适应了室内的昏暗。

昏暗之中的小聪像个被迫穿上湿衣服的小孩子，紧闭双唇。想到她这副样子，都是自己的举动之过，刚才的颤抖又略微回到身上。

"小聪，不要紧？"

鲇太朗轻轻碰一下小聪的胳膊，像是为了压住自己的震颤似的。这一来，仿佛那里有一颗正确的按钮似的，她语无伦次、滔滔不绝地说了起来。

"鲇太朗，对不起啦。我一直担心呀。因为你完全不给我电话、信息嘛，我就一直想着那天的事啊。以为是自己那么任性，被你讨厌了，也许再也见不到你了。这样的话，活着也没意思了——就像蛋糕上点着的蜡烛似的，活着的意义突然噗地消失了。不过，那是常有的，一定会像往常一样又自动燃烧起来。可刚才下大雪，也许要停电，所以我找手电筒，怎么都找不到，于是那时一闪念，觉得这回不一样，不仅仅是我的蜡烛要灭，跟手电筒一样，蜡烛本身丢了，可能一辈子找不到了——只能这么认为了，所以我想要死。"

话音未落，她就抱住了鲇太朗，鼻尖抵着他的脖子。

"不过，现在你又拿来了蜡烛！"

鲇太朗倒退着，后背靠在门上，但她紧紧抱住不松手。他双手搭在她后背，作为离开她身体的第一个步骤。小聪把他身体连同冰冷潮湿的大衣搂得紧紧。她双手正好扣在他后背伤口上。

149

他使劲忍耐着，不发出"好痛"的喊声；他突然觉得，也许自己被儿鸟小姐扎伤那天，跟她今天的概率完全一样，就是碰巧活下来而已。

　　此刻，鲇太朗下巴底下，有小聪干干的头发的触感。他下巴轻轻来回摩擦。于是，突然间，她活着的事实和自己活着的事实带着同样的热度，噗地点燃了。

　　"真的，你还活着，太好了。真的太好了。"

　　小聪的胳膊加了劲。打开着的小窗不断吹入冷风，仿佛要把拥抱的两个人捏成一个。

　　最终，鲇太朗那天也在小聪的请求下，在房间里待到早上。

　　跟上次一样，在小聪的被褥旁铺了她妈妈用过的被褥，鲇太朗躺在上面，但难以入眠。鲇太朗闭着眼睛，想着外头茫茫大雪的一生。

　　夜深时，小聪从自己被窝滚到鲇太朗臂弯里。他像对待一个湿沙捏的人偶一样，胆战心惊地搂着她。然后犹豫了半天，觉得还是得分开，但此时小聪发出了鼻息，已经不动弹了。

　　翌日，鲇太朗买了星星项链。

　　在商店街，小聪曾想要的。他是出于最终无法见死不救的歉疚之情。蹬自行车返回小聪的公寓时，小聪还是一身睡衣，在玩拼图。

鲇太朗递上盒子，她忐忑地道了谢，小心地打开。她拿出项链举到空中打量一番之后，打开扣子，在颈后系上。然后收紧下巴，俯看胸前的星星。然后，就这样的姿势问鲇太朗。

"鲇太朗，你为什么要送我？"

"我想你会开心。"

小聪解下项链，放在手心凝视。鲇太朗对她的眼神感觉不安。

"不喜欢？"

"不，我喜欢。喜欢这条项链。"

"那就好了。"

"不过当时我觉得好的，不是这条。"

"哦？"

"我想要的，不是这条。是在这条上边，或下边的那条。"

"是吗？"

"不过这条也可爱。"

"是嘛……那我们现在一起去吧？换成你想要那条。"

"不过我已经戴上啦。不能再换了。"

"是吗？既然这样，那条也买了。"

小聪对鲇太朗的建议不知如何是好，重新戴上项链。别贪人家东西，是近一个月来没露面的妈妈的教诲。但似乎鲇太朗已有此打算，他系好围巾，拿起折叠好的粗呢短大衣，拍打起来。

小聪磨磨蹭蹭的打扮终于好了，二人骑丸子屋的自行车去商店。一到达，小聪就扯着鲇太朗胳膊走，来到目标店前。

"噢——，人体模型的衣服跟之前不一样。"

她有点不满，但在模型的脖子上找到了她喜欢的项链，就拍拍鲇太朗的胳膊，告诉了他。

"那个，就是那个。"

那是链子上三连星的，而鲇太朗之前送的，是五连星。并不是星越多越好。鲇太朗心里想着，要求把项链像第一个那样包好，到收银处付了钱，出来递给在店外等待的小聪："来，拿着。"

面对包得很漂亮的盒子，她又显出不知所措的表情，但她还是当场拆了包装纸，取出项链。鲇太朗为她戴上，她看着胸前的八颗星星，这才无忧无虑地笑了。像星云闪耀似的笑。鲇太朗看呆了：还是星星多好啊。

那可是可能永远不会再看到的笑容。是迈过了一切可能性，这才绽放的笑容。

"谢谢。"

在小聪说之前，鲇太朗说道。他呼吸错乱，就像咽喉勉强塞进了堵塞的东西。

之后，两人在商店街闲逛。小聪在某样东西前止步，注视一番之后，说"想要这个"时，鲇太朗就带着一种使命感——一定得买下它奉献给渡过了大危机的生命——真的买下来。

每次看鲇太朗胳膊上增加起来的纸袋子，小聪就觉得对妈妈歉疚。袋子里头，有大象形状的烧水壶、玫瑰香的洗发露、草莓图案的手镜、跟鲇太朗配套的睡衣、豹纹发夹之类。这一切东西像拼贴一样，组合出令人怀念的妈妈的面影，唠唠叨叨地责备着自己。

不过那没关系——小聪一只手握着另一只手的手腕，告诉自己。她母亲有什么大事情要告诉小女儿的时候，必定那样使劲拉着她的手摇晃。

这纸袋子里的东西，全是我的。跟妈妈毫无关系。

摇晃她手腕之时，核桃壳般的女王的威严，便发出嘎吱嘎吱的声音，覆盖了她的心。

点点仔细摇晃银容器，在冒热气的米饭上面洒下黑芝麻。她慢慢描画一颗心……

当满满的米饭上面呈现一个歪歪的、黑色的心形时，点点盖上盖子，套上橡皮圈，从窗口递给益夫。益夫往尼龙袋里放两份一次性筷子；在他对面，校园里不时能见到的一对情侣坐在椅子上，等着今晚的晚餐。二人很疲惫，话也少，点点想让他们回想起他们幸福的瞬间，想出用芝麻描画一个心形。

153

也许接下来，疲惫的二人会回到其中一方的公寓，把便当分吃了吧。他们解开橡皮圈，打开包装纸，揭开盖子，那个心形——你看呀，女的说。哇，心形啊，男的说。于是，女的说，是偶然吗？ 男的说，嗯，是吧。区区三百九十日元的鲑鱼便当，怎么会做芝麻心形呢……

点点想象着二人吃惊的表情和接下来的微笑，心中热乎起来。愿二人永远幸福，结婚后多子多孙……点点夸张地想着自己洒芝麻的事，在他们漫长的历史里发生作用。

代替鲇太朗干活的第二天起，她就正式加入这家店了。

为何会是这样，直到现在，点点也不是很明白。那个雪天之夜，她呆呆地照益夫吩咐做，就成了这样。只是，从年初就减少了去公园薄饼店的次数，从结果看正好。点点跟鲇太朗一样，踏上同一条楼梯，已经去消防署送了好几次便当。

点点一边想象一前一后走出店的情侣之后的情景，一边把辣酱油和芥末的小包配套，用透明胶带固定在台子上。这时，益夫从窗口那一头说：

"新野，来一份炸牡蛎。"

轮班时的配对，不知为何总是跟这个益夫。

点点应一声"好的"，从冷冻库取出冷冻炸牡蛎的袋子。从中取出五个冰冷的椭圆块，放进油锅里。袋子里只剩三块了。扒扒冷冻库看，除此之外没有存货了。

等待炸牡蛎期间，点点往便当盒里盛好饭，隔着益夫后背，从窗口瞟一眼等待便当的男子。这是个戴眼镜的同班同学，曾在某门课上跟自己分在同一个讨论小组。那带棱的眼镜挺有范，他人也挺好，主动承担了大家不愿做的宣讲的角色，点点对他挺有好感。但是，他今天一副闷闷不乐的样子。点点再次仔细摇动银容器，要洒成一张笑脸的形状，但这回不大成功。

五分钟后，牡蛎炸好了，在便当盒里竖着摆好，备齐东西，从窗口递给益夫。

男子接过便当出门后，益夫打着哈欠进入厨房。

"嗳——今天挺清闲的。"

"益夫君，牡蛎没有了。"

"嗯？ 牡蛎吗？ 全没啦？"

"只剩三个了。"

益夫说"瞧瞧"，看过冷冻库之后，把脸凑近墙壁上的订货表。

"噢噢，真的。计划明天早上进货的。这就是说，今天牡蛎要清掉。那三个我们吃掉吧。"

"晚饭刚才吃过了……"

"你不吃我也吃掉。"

"那我也吃一个吧。"

"哦，好啊。"

益夫把三个冷冻牡蛎放进油锅，在圆椅子坐下。点点又开始弄辣酱油和芥末。

益夫从兜里掏出乐高积木型小扩音机，它连着播放器。益夫按下电源。是点点没听过的日语曲子，节奏强烈。但她当没听见。益夫随着音乐，在圆椅子上晃动肩膀。一曲终了，益夫喊一声"耶"，猛站起来，把笊篱高高举起，像挥动网球拍一样，捞起油里的牡蛎。

"新野，炸好啦。"

点点应一声"哦"，跟益夫隔着桌子角坐下来。

"嘿，差一点忘了蛋黄沙司。"

"糟了！"

"怎么啦？"

"益夫君，刚才要炸牡蛎的人，你配上蛋黄沙司了吗？"

"没有，我没配。"

"对不起，我忘了。得跟辣酱油一起贴在盖子上的……那人，会生气吧？"

"没事啦，没事啦，区区蛋黄沙司而已嘛。"

益夫说着，从抽屉拿出三小包蛋黄沙司，在碟子一角挤成圆圆一团。

"我最喜欢炸牡蛎。"

"我不是特别……"

"为什么？ 超好吃呀。"

"里头黏糊糊的东西，我不大行。"

"呵呵，那个呀。很好吃，但确实闹不清楚。"

益夫咬掉了半块蘸满了蛋黄沙司、几乎看不出肉的炸牡蛎。然后他凑近了看炸牡蛎的断面，几乎碰到眉毛。

"这是什么？脑浆吗？"

"脑浆？"

"这种质感，该是脑浆吧？"

"脑浆？如果是，牡蛎的身子八成是脑浆？那么说，牡蛎脑子该很厉害吧？"

"牡蛎吗！？哈哈哈，怎么会！不可能的事！"

点点冷眼看爆笑不止的益夫，没蘸蛋黄沙司就吃了半个炸牡蛎。然后没下咽便把另外半边塞进嘴里，不去看那里头。

想念鲇太朗。

在更衣室，桃子一边换上绿色运动服，一边想着小聪。

小聪以前几乎每天来上桃子的课，但近几周几乎不见人影。

桃子担心她出事，还好她没换电话号码。想查的话，从健身房的会员登记资料也能查到，但这里规定员工不要私下跟会员亲密交往的。一来再怎么好，就算视同妹妹，一起吃拉面的事也绝不会被赞同的，二来太介入人家私人事情是危险的，这些桃子很清楚。在这个健身房里，曾因私下的亲密交往，某年轻女会员跟另外的女会员闹，说是恋人教练被抢走了。她们在储物柜室撕扯起来，最终年轻女会员的脸撞在体重计的角上，酿成鼻骨骨折的不幸事故。桃子用凉毛巾给倒下的女子敷鼻子，觉得好可怕。血滴滴答答地流。女子眼睛充血凸出，受伤哭叫着，尖指甲抠得她胳膊好痛。另外还有一个肌肉训练教练介入人家夫妻吵架，被打倒在开动着的跑步机的传送带上。在菜虫般蜷成一团的肌肉块旁边，那对互相推诿责任的夫妇吵得更来劲，跑步机传送带以强档滚动着。

很偶然，两次事件相距不过数日。桃子在骚动的气氛中，听着救护车警报声（好晦气的健身房啊），感觉好凄凉。连在这个健身房里头，也有人从纠缠的爱情"自我超越"，滥施暴力，连续造成流血，此刻世上正发生多少殴打？一想到就头晕。当伤者被运走，那对夫妻被拉开，快节奏的背景音乐终于回到耳中时，桃子感谢老天爷让她有平安无事活着、不挨打的幸运。

出于对发生那种流血事件和失去职位的双重顾虑，桃子虽然担心，却没想要直接介入小聪的生活。

突然就不来了，应该有原因吧……原先让鲇太朗关照她，就是防止这种时候的，而从鲇太朗完全没消息来看，他只是含糊答应了，恐怕什么也没做。但是，只是对弟弟生气也过意不去，桃子便大体每三天一次，下班后到小聪公寓前看看。她充其量也只是确认一下房间是否亮着灯而已。而几乎每回都亮着灯。

至少那女孩子在房间里。桃子想，想象脱离现实的悲惨戏剧性，心潮澎湃一番，也许有点意思，但也浪费新鲜的心理能量。小聪处于青春期，想法多变，一时兴起（对了，也许有了男友吧），或者只是单纯不舒服休息几天，不知不觉就不爱动了。桃子平日里诸事繁忙，但至少自己所知道的事情不带有戏剧性。这么一想，她就觉得，此刻不挨揍、好好活着的状态，不是什么幸运，而是极自然的事情。

因此，当鲇太朗和小聪难得地一起进入教室时，桃子从中没看出任何戏剧性。她甚至挺高兴：两人一起到，怎么会那么巧？

"小聪，挺好吗？一直没见你，挺担心的。"

桃子手拿要播放的 CD，向二人跑过来。

"噢，挺好的。桃子老师呢？"

"我很好，好得很。最近怎么啦?有什么事？"

"什么也没有。只是有点累，没心思动而已啦。从今天起，我要来啦。"

"真的？太好了。没什么大事哦？很高兴你又来啦。你呢，鲇太朗？"

"我挺好。"

"瘦了吧？"

"是吗？"

桃子后退一步打量弟弟的体型。

"也许是心理作用吧。"

因为其他会员进来了，桃子返回设备处，继续准备工作。她调节音量，一回头，见二人坐在教室后头，各自做柔软体操。

上课开始，桃子跟往常一样，高声喊着，活动身子。体操到了两人一组两手拉扯的时候，桃子从前面的配对依次看下来，检查身体姿势。到了最后一组的鲇太朗和小聪，他们跟第一次时一样，互相拼命拉扯。桃子对此情景感觉很亲切，笑眯眯地对二人说：

"轻一点，轻一点！ 两个人都太使劲啦。不必那么投入！"

但是，小聪没像上回那样，放开鲇太朗的手。取而代之的是，她只以瞧不起的同情目光扫一下桃子，丝毫没有松劲。

桃子很恼火。

她什么意思，刚才那表情？ 桃子原地眨巴眨巴眼睛。小聪已经不看桃子，转而专注地盯着教室前方的大镜子，看自己镜中的模样，仿佛说没有其他拉扯不好的二人组了吗？ 另一边的鲇太朗也脸颊通红，盯着大镜子。

这两人怎么回事？ 为什么不听我的话？

桃子呆立二人旁边，束手无策。前面的二人组累了，松开手等待桃子教练的指示。

"老师！"

站前面的中年热心会员喊她，她才猛醒过来。

鲇太朗和小聪也累了吧，这一声喊像是个讯号，二人同时松劲放开手。

"对不起！ 来，我们继续吧……"

健美操课结束，桃子努力装出平静，跟二人说话。

"小聪、鲇太朗，哎，还是三个人去吃拉面吧？"

"拉面？"

"拉、面……"

鲇太朗和小聪像说未知的食物一样，说得生硬、刻意。

"怎么啦？ 两个人都有事吗？"

"也没什么……"

"那就去吧，都去。"

被问的鲇太朗在两个女人的视线之下，"嗯"地向两方面都点头。

"哎，去吗？ 还是不去？"

桃子立等回音，牙签似的锐利目光刺向弟弟双眼。鲇太朗不住地眨巴眼睛，小声说："如果小聪去的话……"

"什么？ 如果小聪去的话？ 那，怎么样，小聪？"

"那不去啦。今天累了，我回家。再见。"

小聪说着，脱下身上穿的运动衫，撩一下脸上的头发。仔细看，她手指上带小粒宝石的戒指闪闪亮，Ｔ恤衫

161

的胸前摇晃着星形项链。

"哎，小聪，来体操课的时候，你不能戴着它，挺危险的……"

"拜拜，桃子老师。"

小聪拉着鲇太朗的手，迅速离开教室。

目送二人的背影，桃子这才发现小聪的运动衫是新的，衣裾还有小小的褶边。因为跟以前的颜色一样，所以之前没察觉。

"桃子老师生气了吧？"

小聪一边吃拉面，一边对旁边的鲇太朗笑道。

"嗯？ 你说什么？"

距桃子的邀请才半个小时，此刻二人已坐在这家拉面店里，鲇太朗对此感到恐惧。肚子空空、一脸沮丧的姐姐什么时候进来呢?要是进来了怎么解释呢?他一想起就忐忑不安。

"她不是想一起吃拉面吗？"

"哦……"

"你看见了?我说不去时，她那脸色!很受打击的样子吧？"

"人家担心你嘛。你最近一直没去健身房吧？"

"是啊。桃子老师有点可怜吧？"

鲇太朗用筷子夹起鱼肉卷，对那粉红色的"の"字，发出同样的无声疑问。小聪摇晃着身体说道：

"可我想跟鲇太朗两个人去嘛！哎，你不会很喜欢姐姐吧?你珍惜我对吧?"

"噢噢……"

"那不就行了吗？"

小聪吃碗边的叉烧肉。

鲇太朗呆呆地看着她侧脸浮现的恍惚表情，感到害怕：该明确这种关系了吧?

自那个晚上以来，他每周有一半以上的时间被喊到她家一起吃饭，陪聊到她睡为止。照此下去，看来什么都得管了；虽然这样子本身不是坏事，但也绝不是好事吧。但是，此刻小聪两颊塞满了肉，独自沉浸在嘴里的乐趣中。看她毫不理会柜台那边戴花头巾忙碌的男人们、甚至浑然忘却身边的自己的那种表情，鲇太朗再次感觉到这个世上的奇迹，最终他什么也说不了。

小聪嚼完叉烧肉，喝水咽下，对鲇太朗说道：

"我不上健身房了。"

"嗯？"

"你聋啦！我说了不去健身房！"

"不去健身房？为什么？"

"没意思了嘛。刚才做体操的时候，桃子老师上下打量我，我好像被监视似的，烦透了。"

"她只是担心你而已啦。最早要我跟你交朋友，也是因为她担心你……"

"是吗？ 多此一举！ 即使没有桃子老师，我也会找到你，做好朋友的。对吧？"

"也许是吧，可要说从今不去了，我感觉不大好。而且，我们……"

"莫非桃子老师真的喜欢上我？"

鲇太朗想了想，说了句"也许吧"。

说起来，迄今都没见过桃子的恋人。她多少予人中性、趣味特别的感觉。虽不能确定具体因何而起，但加上她的苗条体形、异常的长发和美貌、舞蹈老师的职业来考虑，感觉是那样也不奇怪。而且，看桃子和小聪以前的来往，有那么一瞬间，会让人想到两人的特殊关系吧？

"哎，小聪，我姐对你有什么特殊举动吗？"

鲇太朗放下筷子，转过来，姿势端正地问。

"什么是'特殊举动'？"

"哦，就是说，不寻常的触摸之类……"

"人家是体操和舞蹈老师嘛，要是我的姿势错了，她就会'这样子、这样子'纠正呀。"

"不是别有意味的吧？"

"别有意味？ 没有没有，很一般。或者只是我没察觉吧?哎，你怎么看?她喜欢我吗？"

"喜欢是喜欢的，怎么喜欢吧……"

"别理它啦，已经没有关系了。"

小聪把汤里头的最后一块叉烧肉送进嘴里。然后花了时间咽下，她挨近鲇太朗说话，几乎弄得店里高高的圆凳子都倾斜了。

"我只需要你。不需要其他朋友了。你不在了，我就死掉。哎，你别让我死啊。"

听了这话，鲇太朗脑子里即时接收了一幅图像——在昏暗的房间里，一个少女气绝身亡。他几乎脸上都要起鸡皮疙瘩了。在图像中，她的尸体发出油腻腻的绿光。

"不会让你死的！ 不过，咳，小聪……"

小聪不理会厨房的人的目光，把脸贴在鲇太朗胳膊上，说道：

"哎，鲇太朗，去看看上次那条项链吧？"

"嗯？"

"就前不久在店里看的！ 问你给我买吗？ 你说'想想看'，对吧？ 我担心它卖掉了。"

那是两人几天前在那个商店街里的一家二手名牌店、关于一条项链的对话。

那条项链似乎镶了真钻石，标价"￥304000日元"。实在是大学生鲇太朗遥不可及的金额，但他觉得当场拒绝也太没面子，就回应说"想想看吧"，维持了她的梦想。

两人出了拉面店，返回她的家。胃里晃荡着咸面汤，就骑车过去商店街。

进了店，小聪笔直走去摆那条项链的玻璃柜，说一句

"真漂亮"，足足盯了那条项链五分钟。她侧脸显示的少女向往之情，奇妙地让鲇太朗的心感觉安慰。但是没多久，小聪表情里失去了让鲇太朗慰藉的东西，凄绝开始蒙上那张脸。也许她明白，即使她撒娇死乞白赖要求，这么大金额，也不可能像迄今那样轻易到手吧。

鲇太朗再次看看"￥304000日元"。

然后，他用三、四大致除一下那个数字。要是花三个月来买，一个星期约挣个两万五千日元，那好算。这么一来，按一周干五天活的话，就要一天挣五千日元。也就是说，时薪八百日元的话，一天干六个小时，就能买下这条项链。为慎重起见，他将得出的数字反过来乘，验算完之后，知道那并非不可能之事。自己再干一份兼职，与便当店的兼职收入相加，确实不到三个月就能买。而且又是春假中。新学期刚开始，反正有的是时间，年轻且健康的自己，为一个孤零零、被社会遗弃的少女做点事，不是挺好吗？也就是说，自己的劳动变为这条项链，把这条项链变为她的自豪或者尊严似的东西。

自己还不大懂得自豪或尊严，却要把它给予别人——这个念头激励着鲇太朗。而且，忙起来的话，就消除了二人现在这样密切的状态，她也许能冷静一些。而自己也因为劳动疲惫不堪，也许别的小事情就不会轻易疲倦了。这么一来，至今心里头还挥之不去的儿鸟小姐的残余影子，也许能泡在澡堂热水里，跟疲惫和污垢一起洗刷干净。

鲇太朗时隔许久回想起她，吓了一跳。之所以吓一跳，并不是因为她的残余影子已经失去曾有的鲜明，而是因为时隔许久才想起。鲇太朗感觉那是重大的背叛似的。仿佛又在她不在场时，污损了她的名誉，他觉得自己太忘恩负义。

"小聪，买呀。"

鲇太朗这么说时，她反弹回来似的把脸转向他。

"我会买的。"

"真的？ 可这个太贵了。"

"不要紧，不要紧，干干活儿就行。"

"是吗……"

小聪不知是不是该坦率地表现出高兴的样子，她再次把视线回到项链，只说："在那之前，它别卖掉了才好。"

第二天，鲇太朗站在了大学兼职布告栏前。

那是几个月前挂出招募百合子自传执笔助手的布告栏。那通知早就过了期限，所以那张细长、字体斜上的纸没有了。

鲇太朗像规定仪式似的，将贴出那张细长的纸开始的一连串事件回想一遍。跟预期一样，马上感觉内脏被铁丝捆绑般的难受，于是仪式达到了目的。完成仪式后，他马上找工作。要找的是时薪尽量好、每周五天、能干满六小时的单位。布告栏从头看到尾，只有一件工作符合，是在牙科医院清洗器械等的杂工。从早上九点到下午两点半，也就是说，一天干五个半小时，因为时薪是八百二十日元，还行。他马上用手机拨了那个电话号码，按下接通。

接下来自己在这家牙科医院拼命干三个月，买下钻石项链，奉献给一个少女的幸福人生！ 他按捺着高涨的情绪——早上吃的玉米面包几乎涌出嘴边，听着电话呼出音，这时他听见了"加油"的喊声。他不禁把电话从耳边拿下来仔细看，同样的声音从近旁的教室传出来。是朗读研究会。窥看一下教室，见连环画剧的框框里，有动物们拔河的画。右边一队都是熊，左边一队则有狐狸、貉、松鼠等各种动物。一位在门前手拿秒表的圆脸女孩带着笑脸，向站立的鲇太朗示意身边的椅子。

电话那一头，明快的声音告知了牙科医院的名字。

八

鲇太朗同时在便当店和牙科医院兼职打工，已经有两个月。

到月底，他从便当店师傅、牙科医院技工室的头头手上，收到工资。他具体确认之后，就把整个信封收在小聪房间里的一个空盒子里。据说这个盒子原先装的是小聪很喜欢的、世上最美味的点心"西格尔"。

空盒子里的存款已经高达十六万日元。

鲇太朗很吃惊。

大学生能拥有这么多钱吗？虽说是辛勤劳动的结果，也太多了吧？

他回想起妈妈的面容。大学学费是母亲预备的。也许实际上是继父出的钱，现在也每月转钱进账户，让他能过着简朴、不至于为难的日子。但是，既然知道自己有能力赚这么些钱，应该马上建议母亲停止汇钱吗？然后，该建议母亲用这些钱去旅行，或者重漆一次大门吗……

虽然他犹豫不定，但决定此事暂缓。

盒子里的钱是他拿来的没错，但从放进盒子那一刻起，已经不是他的了。但是，按计算，三四月的报酬合计该是十九万日元左右。实际手上只剩十六万日元，不是算错了，理由很简单：因为小聪除了那条项链，想要的东西还很多。

她最近迷上了化妆品。

大商场摆的外国品牌，从化妆水到别的，她想有一套齐全的。小聪迄今只用过药局五百日元的化妆水，她把贵价化妆水往鲇太朗皮肤上也抹，折腾一番。以前素颜哪里都去，现在但凡出一下门，都要花上三十分钟，专注地化妆。小聪化好妆的脸，站在鲇太朗身边，显得比他大许多。但是穿得又很显小，这种不协调反而引起路人注目。

五月的最后一个星期天，慎平和点点约会逛商店街时，看见了鲇太朗和小聪。

在此之前，两人也曾在这里好几次看见他们一起走。慎平先发现时，就不动声色地带身边的点点往别处走，不想让两人进入她的视野。但接下来的瞬间，她也发现了。

既然看见了，两人的约会马上变为跟踪调查。

也有过慎平还没意识到时就开始的跟踪。点点看来心情很好，慎平对她的话笑着、点头，无意中一回首，见前方两人走着。他佯装不知窥探点点的神色，她还是心情很好地说个不停。

点点是什么打算，慎平不知道。她只是保持若无其事的表情，放慢脚步。

今天，先发现两人的是点点。这回，她正式报告了慎平。

"嘿，又来了。"

"嗯？"

"鲇太朗跟那女孩子。走！"

慎平没好气。但他不能甩开牵着的手。一旦撒了手，恐怕就像充满氦气的气球一样，一下子飞到他力不能及的地方去了。

但是，今天的慎平心情与平时有点不同。

自从点点在东北故乡度过五月连休以来，二人见面次数减少了。点点以前几乎每天来慎平家过夜，现在极少。这样子约会也等了一周了，所以慎平很高兴。其实他很想连休时一起去登山或者海边的。此刻难得的约会，为什么非要把时间浪费在跟踪别人呢？ 对，这是不合情理的，是两个人在交往，如果当中变成了一个人开心、另一个人忍耐的状态，确有商榷的必要吧……

"点点，等一下！"

他比平时稍微大声，但点点没听见。

"哎，点点，等等，等等！"

点点牵着的手被拉扯，才终于回过头来。

"怎么啦？"

"别理鲇太朗他们吧。"

"为什么？"

"那跟我们没关系呀。好好享受两个人的时间吧。"

点点摸不着头脑地看着慎平的脸。气恼的是，这副样子的点点比平时可爱两倍。

"什么'享受两个人的时间'？"

"难得好好在一起，别理别人好不好？或者，你跟我一起不开心？"

"不就是散步而已嘛。倒没有不开心。"

"那……"

"你不在乎鲇太朗？不是你朋友吗？"

"朋友是朋友，可我呢，更想只我们两个，彼此在乎。"

点点退后一步，打量着眼前的青年：神经质感觉的高鼻子，感觉脑瓜子不错，细长眉毛贴在脸上。

她不讨厌慎平，属于喜欢的。合眼缘，性格不错，穿着品味也行。所以像这样一起闲逛、一起泡澡、钻被窝。不过，鲇太朗的事是另一回事。也就是说，那就跟不用匙子吃面条一样。

"明白了？那我们走这边吧。"

慎平拉点点的手肘。但是，她的身体就像从地板吸取了水泥混凝土似的，僵硬、沉重。

"点点？"

"你不去的话，我一个人去。"

点点挣脱手肘，独自混杂在人群中。

"点点！"

慎平急忙去追她。

很快就追上了，要并排的时候，点点猛向后甩的手差一点碰到他的胸口，但慎平不知何故没去接。反而是避开了。隔着点点肩头，他看见穿一色汗衫的母子手拿烤章鱼碟子蹲着。孩子嘴边黏着海青菜。慎平几乎祈求那孩子让点点回过头来。

点点追踪着鲇太朗他们，不时停下来，以免太靠近了。慎平默默跟在她后面。

鲇太朗他们走进了商店街最边上的一家名牌店。点点跟着二人进店，随即隐身到右手边的大减价人堆里。女人们挤在货架前，一只只手使劲翻弄着堆积的皮革小件。

挤在女人堆里，慎平好不容易站在了点点身边。点点就像等着他似的，比平时温柔地拉着他的手。

"你看……"

慎平顺着点点的视线望去。鲇太朗和女高中生站在四方的玻璃柜前，跟柜子另一头的店员说话。那穿西装背心的店员慢慢戴上白手套，打开玻璃柜门，取出东西给他们看。女高中生挨过去，兴奋地仰望着鲇太朗的脸。鲇太朗略显紧张，那张轮廓很美的脸绯红。

"那家伙……就像是裘德·洛。"

因为点点什么也没说，慎平慌忙否定："哎呀，还是不像。"点点没有回应。

鲇太朗对店员的询问点了几下头，就从衣兜里掏出褐色信封。店员毕恭毕敬地致谢，拿着取出的商品和信封消失了。其间，女高中生把脸挨近鲇太朗，注视他，给予夸张的拥抱。慎平脸色苍白，心里头叫唤：别呀别呀，快住手，点点看着哩！慎平这回真心祈祷了。拥抱持续了好一会儿。店员返回来了，女高中生这才放开了鲇太朗的身体。

　　慎平好怕看身边的点点的表情。牵着的手冰凉，但他已经分不清谁的手更凉。

　　点点低声说了什么。

　　"嗯？"

　　"项链。"

　　"项链？"

　　"鲇太朗买项链给那女孩……"

　　"给项链？"

　　"是很贵的！"

　　慎平斜眼，胆战心惊地窥探点点的表情。

　　意外的是，她脸上浮现微笑。安下心的慎平下决心向她转过脸来。点点止住静静的微笑，笑了。"嘻嘻！"她笑出了声。看着她，慎平不由得也笑了。笑也传染了周围的女人。不知不觉间，两人已被挤到大减价的中心部分，货架顶得腰骨疼。

　　点点带着笑脸，伸手到减价品堆里，一个一个打开滑溜溜的皮革钱包。

自此以后，小聪每天无数次用手镜照脖子上的项链，对那闪光看入了迷。贴在锁骨间的钻石，无论从哪个角度照镜子，都光灿灿的，仿佛那无止境的闪亮变成了声音，渗入耳朵里头。

她感觉自己跟迄今活过来的自己完全不一样，正变成另外一个人。

全都是鲇太朗的缘故。她觉得没了鲇太朗的话，今后一事无成。照这样继续爱着鲇太朗，我离开这破公寓的日子不远了吧。在半年后的十八岁生日，甚至可以结婚。结婚……结婚……小聪一想起这个词儿，就像直线摔落在粉红色的水潭上，身子一下子麻痹了。对了，到了十八岁，就跟鲇太朗结婚！ 两人戴着漂亮的结婚戒指，租用两个人住的公寓（这个房间是妈妈的嘛），每天系上围裙，精心搞清洁、做饭菜。鲇太朗会比现在更加宠我吧……结了婚也叫我小聪吧……想这些的时候，手镜里的钻石像抹了油一样，拼命闪耀。

她回首遇上鲇太朗前的漫长的不走运时期。我每天跟不认识的大婶们做体操，只能把心思放在瘦巴巴、虚张声势的桃子老师身上。寂寞无聊，像一只疲惫的鹤。与之相比，鲇太朗和现在的我——多棒！

小聪化了漂亮的妆出门。她要去车站，迎接在牙科医

175

院兼职打工后回家的鲇太朗。

户外充满了绿叶气息，仿佛水壶噗噗冒热气。

一边走，小聪回想起四月跟鲇太朗赏樱花的晚上。那天晚上，两人从十点左右开始逛，回家时已是凌晨四点钟。跟鲇太朗漫步在春夜里，最开心了。从没有过那么开心的夜晚。不过，开心的不单是那个夜晚，今天晚上、明天晚上，自己也可跟鲇太朗一起步行。焰火、落叶、下雪，都可以一起看。想象着这些，小聪兴奋之余，几乎踢到了那边的树。她停下来，用右脚使劲踩踏地面，仿佛要把呛住的幸福感归还泥土。一次不够，连踩了好多次。一个后面走来的老人撞上她后背。小聪说"对不起"，道了歉，但他一瞪皱纹中的眼珠子，不成话地"嗯哼"一声，就走了过去。

"对不起……"

小聪再一次向他的背影道歉。老人没有回头。

她脸红了，感觉无端被虐待。她心中不安起来，两手握住项链的钻石，终于恢复了之前的精神。她特别觉得，那位老人所感觉到的人生幸福的总重量，跟自己这几个月的幸福的重量，无法匹敌。但是，这成了一个契机，很久之前看的电视放的电影台词回响在耳畔："任何人生，一生感觉到的幸福的量，全都一样。"一起看电视的母亲嘟哝道："怎么可能。"她的表情似怒似笑弄不清。小聪也附和道："对呀，怎么可能。"之后母亲就上了厕所或厨

176

房，走开了。剩下小聪一个人眼含泪水，心里头想：自己的幸福，要是跟电影里说这台词的女演员一样就好了。

可是，要是那台词是真的的话……小聪毛骨悚然，就像被路过的人不做声地抽掉了背上一根筋。要是那句台词是真实的，那就糟了。那老人八十年的幸福，跟自己这几个月的幸福显然不成比例。过头了！幸福过头了。也就是说，我临近死期了。我得比那老人早得多得多死掉！意识到这一点的瞬间，她眼底快速黯淡，几乎要笔直飞到空中。

小聪寻找老人。

得抓住他，往他衣兜、口鼻、耳朵，还有一切能装东西的地方，塞进自己多余的幸福，否则自己一个小时后要死掉。对了，即便减掉自己迄今的大不幸，这样难以置信的幸运也不该持续。心上人也同样爱自己、买各种东西逗自己开心、不时牵手漫步在有花叶气息的路上——这样的幸福，怎么想也不寻常……小聪再次决心把如此的幸福抓在手里。说好了大学暑假后，两人一起去海边鲇太朗的姐姐家玩；更重要的是，她打算近日就找机会在鲇太朗跟前裸身，邀他共涉爱河。自从鲇太朗来家里，她心中时时期待这场大戏开幕。可总是没有开始的动静，她思索一番，刚得出了结论：这恐怕得女方明确显示想要的意愿。

对她来说，性交这回事，是大人才能做的游戏，像交换日记般充满了秘密，像登山一样有成就感，像抓小偷游

177

戏般惊险。一定得跟鲇太朗尝试一下。但是，这样就可能怀上宝宝，人类怎能这么儿戏呢？自己之所以诸事马虎，原来出生就这样，实在没办法……

小聪没找到老人，无奈向车站走去，一路想心事。

假如我真的命已该绝……这种状态，恐怕就是上帝给行将在这世上消失的人的赠别，把一生的幸福集中赐予而已吧……不过，那不是挺好的吗？想要我死的话，给予我心满意足的幸福，让我尽兴、窒息就好了。小聪已经不害怕死了。她要的是尽情活，之后到来的死，不是此刻的她知道的。

巨大的车站建筑黄黄的，被灯光从下照射。小聪感觉它像宫殿一样，是为自己所剩无多的幸福人生预备的。她以高贵的姿态搭着扶手，脚尖踏上第一级台阶。

这时，传来了音乐声。

在售票处凹进去的地方，有个弹吉他的年轻男子唱起了歌。是忧郁的旋律。她觉得似曾相识，停住了脚步。

在妈妈车里听过吧。或者，是健身房大堂不时播放的歌？小聪走近男子，专心听音乐。周围空无一人。那歌声只注入小聪的耳中，像钉子一样竖着穿透身体，让她一步也动弹不了。

一曲终了，二人目光相遇。

响起嘎吱嘎吱的声音，地板开裂。

仿佛迄今想的事情，跟身上衣裳一起剥落，小聪觉得自己赤身露体站在那里似的。男子摘下吉他，正面注视着她。

在三号线月台，鲇太朗下了车。

"鲇太朗，等一下！"

一天早上，在公寓的台阶旁，一只手从后抓住了鲇太朗。

他回头一看，是桃子。

"咳，吓我一跳……"

"果不其然啊。"

桃子穿着淡蓝色衬衣，长发束在后面。滑溜溜的额头映着朝阳闪亮。只有表情像鬼一样，除此以外，实在是一身清爽的打扮。

"别溜。"

桃子紧抓着弟弟胳膊上的肉。但是，毕竟得赶时间，鲇太朗必须去牙科医院。

"小桃，我要去打工。一边走一边说行吗？"

桃子抓住他的胳膊，瞥一眼上面的房间，走在鲇太朗身边。

"果不其然嘛。我就觉得奇怪。你怎么不跟我说？"

"你说……小聪的事？"

"你们谈朋友了？"

"不，不算谈朋友……"

"那你怎么会从那里出来？　是住一起了吗？"

"嗯。只是无意中那样而已……"

"差劲！　你没脑子吗？　那孩子还是个高中生呀。"

桃子瞪着弟弟。看她那不安的神色，他很想拉着她的手道歉，但忍住了。

"在我的健身房上交上朋友的？"

"也不算……"

"因此要把我当外人？"

"没当外人啦。"

"把我当两个人的油？"

"啥意思嘛？"

"原本的意思！"

"油……"

"为什么要当成秘密？　我又不生你们的气。上次那么给我脸色瞧，我竟然就被甩了！"

"当时挺对不起的。"

鲇太朗斜眼窥看一下姐姐。桃子眉梢低垂，像真寂寞的人。

"小聪还好吗？　还说想死吗？"

"不了，那些话，已经不说了。"

"那就好……"

"你呢？　好吗？　健身房的工作呢？"

"我老样子。小聪不在，有点儿寂寞吧。你也是，特地入了会，有一阵子没来了吧？ 浪费呀，会费……那是银行划钱的，每月都给你划走了……"

那么一说，鲇太朗担心起小聪的会费。假如会费还没交，也想替她设法解决。

"哎，小聪的会费有人在付吧？"

"小聪的会费？ 我不知道，不是从她妈妈户头上划钱吗？ 你见过她妈妈吗？"

"没有，还没见过。"

"之前也说过，她家很复杂。我也不清楚，如果你是真心的，得花心思。她妈是只老狐狸。"

"怎么个老狐狸？"

"不知道！"

桃子不抓他胳膊了，轻轻叉起手。也不板着脸了。于是鲇太朗知道她原谅自己了。

"最近百合子姐姐好吧？ 有一阵子没见面了。"

"百合子姐？ 挺好的。"

"见面了？ 打电话吗？"

"昨天说了一下电话而已。当时她说的： 鲇太朗跟小聪交往着。所以我就来了。"

"是吗？ 是她自己说，别跟小桃说。"

"什么？ 她这样说了？"

鲇太朗感觉出姐姐有生气的动静，慌忙否认："没有没有，她没说。"

"真的？"

　　"真的。我感觉梦见这样子而已啦……哦，她小说不知写得怎样了？"

　　"在写吧。她没说内容，想来不算什么吧。就她，肯定还不到初中生水准，不三不四的小说。"

　　然后，二人聊了几句百合子的情况。桃子说，百合子应该出来工作。她一字一顿说，与其一本正经地写无聊文章，还不如为公司做宣传，或者做花店的店员，总之让她的美貌在社会上发挥作用。

　　鲇太朗系着蓝花图案的围裙，站着忙碌。使用过的、吓人的器械用银碟子盛着送来，鲇太朗不断用海绵洗刷、超音波清洁、分放在热杀菌容器里。

　　二十年间连一颗蛀齿也没治过的鲇太朗，除了小镜子，对于一头尖的器械或形似数字 7 的银筒在口腔里如何使用，无从想象。尤其是连着浅绿色橡皮盖的银筒，用刷子清洗里面时，会突然跑出血块，大意不得。牙科护士们总是害怕传染 B 性肝炎。鲇太朗受命戴两层手套工作，但还不时被尖的器械刺穿手套，轻轻划到了手指。

　　像欧美的人家那样，当大烤箱似的机器开始热杀菌时，鲇太朗把筐子里堆成小山似的毛巾投入洗衣机，眺望小窗外面。从那里，能看见牙科医院后面的空地和夹着马路矗立的住宅。这一带的住宅街，多为整齐的单门独户小院，有停一辆车的地方，旁边带一小块草地。离牙科医院最近的人家的院子里，有一间很大的狗屋。此刻，拴在狗屋前的灰色狗四腿靠拢坐着，望着邻家院子。

鲇太朗寻找小聪的身影。她时不时会骑车来到这条住宅街，在那狗屋前向鲇太朗挥手。那时的小聪，就跟初次见面时一样，看起来像是随处可见的、干净而腼腆的女孩子。但那也许是鲇太朗近视之故，从远处看不出她僵硬的化妆。见鲇太朗在招手，旁边的卫生士①会困惑地问他："那女孩子几岁呀？"

"没来？"

一名卫生士跟手拿洗洁液瓶子发呆的鲇太朗说话。

在这医院里，戴浴帽似的帽子、大口罩从眼皮下遮到下巴的年轻女卫生士有约十人。她们体型、声音都相似。鲇太朗刚进来时，睁大眼睛看她们胸前的名字牌，尽量记住她们的姓名，渐渐也明白了没必要区分。卫生士们记忆力都很厉害，任何小器械放置的地方、吸尘器清洁袋的位置、擦拖鞋的时间——但凡鲇太朗问到的，全都能即时回答。好像装统一电池和程序动作的机器人一样。

此刻跟鲇太朗搭话问"没来？"的卫生士，胸前挂着"江口"的名字牌。

"她最近没来吧？"

---

① 日本牙科医院的护士称"卫生士"，须取得专门资格。

江口窥看一下洗衣机里头，说："得再放。"把手上的毛巾和丢在洗物槽的毛巾放了进去。然后她踮起脚，从上面橱柜取出新的毛巾。裙子拉起了几厘米，裙裾下露出带蕾丝的塑型裤。鲇太朗往洗物槽多放了洗洁液。

"跟她吵架了？"

江口回头问。

"哦，没有。跟以前一样。"

"哟，那为何不来了呢？"

"我也不知道为什么。"

"蛮有把握嘛。女孩子不来了，无非是冷战或者有麻烦啦。你觉得是哪个？"

"……"

"不知道？"

"嗯，大概……我觉得不是冷战。"

"那就是说，有点麻烦了。"

江口脱下脏了的薄手套，扔进垃圾箱，摇一下爽身粉的瓶子，洒在手上。飞扬起来的白粉末，因窗口射入的光，形成光柱的形状。

戴上新手套前，她用味道好闻的白手扯一下鲇太朗的耳垂，把口罩拉到下颌，悄声说：

"别伤心。卫生士女孩子们全都排着队等你呢。她们说你手法灵巧……"

然后，她把杀菌包放在银碟子里，返回治疗台。

鲇太朗登时热血上涌，眼盯着泡泡里揉得乱七八糟的毛巾，没有回头。

那时节，小聪在商店街。

她一早就在这里，从上面那一层，慢慢一家一家店逛。

她没告诉鲇太朗，但不止是今天，最近，她一整天一个人在这条商店街。自从她去车站接鲇太朗、撞到老人、遇见弹吉他男子的那天后，每一天。

到了营业时间，自动门打开；小聪先上二层，依次看服装店、文具店、洗澡用具店、咖啡店、游戏机中心、装饰品店、化妆品店。一个人来商店街时，小聪不化妆。见了许多化妆品和镜子，也没心思像之前那样，涂上脸试试。然后下到一层，逛超市、葡萄酒店、奶酪专卖店、面包店、烤章鱼包店、茶叶店、佃煮店、肉店、花店。她等着看这里所有的东西为谁所需要、它们被拿起的瞬间。

小聪在琳琅满目的物品里，找寻是否摆着"正确心思"。她心想，要是一千日元左右能买到就好了。假如没有"正确心思"，"正确选择"、"正确"本身都行。总而言之，她需要像之前那样，满脑子只有鲇太朗，不去想多余的事，想到正确选择幸福生活的东西。

确认了所有的除臭剂柜台之后，小聪转到隔着横道另一侧的点心制作用具卖场。她一个一个拿起胖乎乎的利口

185

酒小瓶子，摇一下，从底部看，这时，突然有人喊她的名字："是小聪吗？"她一哆嗦，瓶子差一点落地。

她一回头，见是一个见过面的年轻女子。

女子身后几米，站着一个手提购物篮的年轻男子，像是陪她的。那男子也见过。

"是。"

她慌忙把利口酒放回货架，努力回想在哪里见过他们。她随即明白了：去大学校园找鲇太朗的时候，在鲇太朗身后、像图腾柱一样杵着的那两个人……虽然忘记了名字，但这一男一女是鲇太朗的朋友。

"对不起，吓你一跳。你名字叫'小聪'，对吧？"

"对。"

"你记得吗？我们是鲇太朗的朋友……"

"嗯，我记得。"

"你一个人？"

小聪直率地回答："对，我一个人。"后面陪伴的男子担心地注视着。不过，小聪明白，他不是担心自己，是担心眼前的女人。

"鲇太朗还好吗？"

女人这么一问，陪的人表情起了微妙变化，带着怜惜之情走近前来，喊她"点点"。对了，是点点。在橙色的薄饼店打工的、喜欢鲇太朗的点点。

点点看着小聪脖子上挂的钻石项链，长叹一声；在超

186

市的日光灯下，那小小宝石熠熠生辉。它就像那个下雪的晚上、现在想来恍如时隔多年的那个下雪的晚上，鲇太朗救下的魂魄。眼看着项链，点点几乎痛哭流涕。迄今跟鲇太朗说过的任何话、交换过的任何眼神，在钻石光芒面前，像沙子般毫无价值。但是，点点因为这样的场合，好歹憋住了眼泪，向面前的少女微笑。

"小聪，你在购物吗？"

空着手的小聪，跟这个点心制作用具卖场完全不协调。丝毫没有要做点心的人那种跃跃欲试的感觉。非但如此，她就像被利口酒和蜜饯樱桃小袋子围住的迷路小童，非常无助。

"没有……我看看而已。"

小聪不好意思与二人对视，往陪伴者拿的购物篮看了一眼。里面有十个装的鸡蛋和包装得像铅笔盒的黄油。

"哦。鲇太朗呢？"

"应该去了牙科医院吧。"

"牙科医院？"

陪伴的人挺吃惊。

"那家伙蛀牙了吗？"

"不是。他去兼职打工。"

"哦，就是说，不干便当店了？"

没等小聪否定，点点已开了腔：

"不是啦，慎平。鲇太朗打几份工，对吧？"

"对。"

"所以，最近他没来学校。"

"怪不得。"

这个人叫"慎平"吧。陪伴者的名字也知道了，小聪又安心一些了。

点点和慎平就像在说自己不长进的儿子似的，相视一笑。那笑法是对小聪显示洒脱，颇为勉强。小聪也学着笑一笑试试。但是，在点点眼里，小聪笑得惨不忍睹，实在不好把她一个人留在这里。

"哎，小聪，他要在家里做薄饼，一起吃吧。"

"薄饼？"

小聪不笑了。在薄饼店打工的，好像是点点吧？

"人多热闹，嘿，来吧！"

小聪想问，为什么是男的烤薄饼呢？不过，且不管这个，她真想马上逃离这没意思的商店街，像一个名字也说不清楚的迷童一样，乖乖跟着大人走，接过热乎乎的薄饼。

"我去好吗？"

"好，好！对吧，慎平？"

"哦……好啊，当然好。那，我拿上果酱就去结账。"

慎平嘴里说着"当然好"，脸上却浮现沮丧表情，这一点没有逃过小聪的眼睛。但是，她脑子里早早已冒起薄饼热气，这一点发现随即就烟消云散。

三人排进付款队列，点点突然说：

"小聪，牙科医院下班后，把鲇太朗也叫上？"

取钱包的慎平肩头抖了一下，几乎同时小聪回答道："我不想叫他。"

"咦，你不想叫他？"

小聪点点头。

"为什么？"

"嗯……也没什么……"

也就是说，小聪不是鲇太朗的那一位，只是两个小孩子在一起而已。不过，这一点她说不出来，不好意思。所以就不知所措了。点点跟慎平面面相觑。

慎平在收银处前面的桌子把购买的东西装进袋子，其间小聪看见旁边货架上有申领米菲图案手提袋的明信片，便拿在手里看。接受申领的最后期限是后天。上面写着买十斤面包便可获得。她把明信片放进了兜里，一回头，与点点视线相遇。小聪想跟刚才那样，模仿大人的笑，又放弃了。因为点点注视她的表情无比凄凉。看她那么惨烈的表情，小聪以为自己死掉了。一旁的慎平没察觉点点这副样子，把黄油和鸡蛋放进袋子里。

有约十秒钟，小聪沉溺于被人这样看待。但是，中间她开始觉得，看的该是自己，而死了的并不是自己，是点点吧？

点点看似一个等身大的遗像拼图，被放在那里。

小聪想跑过去，把点点拉起来吹鼓了，恢复原形。一想到需要安慰、保护或者热乎乎薄饼的也许是点点，小聪就觉得，在点点关照下变回小孩子的自己没有同情心，而那样的自己并非自己。于是，从这一刻，小聪清楚地知道：从这一天起，给予这些东西的角色，已经改变了。

"哎，走吧。"

慎平已准备好，招呼道。点点自己从遗像挣脱，变成了立体的，若无其事地应了声"噢"，然后对小聪笑。

"得走一点路，不会饿肚子的，我们要做好多薄饼。"

小聪明白了自己要做的事情。

她说了一句"请等一下"，自己跑向拐角的二手名牌店。

卫生士的话，在鲇太朗心头投下了淡淡的影子。

最终，小聪今天也没有出现在牙科医院对面。

但是，回到家，与面带微笑的小聪目光相遇，那影子就钻进旮旯缝里，没有踪影了。

"你回来啦，鲇太朗。打工辛苦啦。"

小聪利索地脱下鲇太朗的外套，往塑料杯子倒入黄绿色的蔬菜汁，端过来。

"谢谢。"

鲇太朗一口气喝掉了蔬菜汁。

小聪端坐一旁看自己，她打扮精致完美，眼白美丽动人；她之所以没到牙科医院外挥手，一定是懒得骑车、在家里化妆更开心吧。假如女孩子是漂亮了就开心，那不是挺好吗？把卫生士的话当真，真该拿球拍敲脑袋。

小聪要给鲇太朗擦擦嘴角，她弯下身，伸手到桌上的纸巾盒。这时有微风吹起，鲇太朗突然闻到久违的甜香气息。

"小聪，你用了新香水吗？"

"我？没有。没用新香水。"

"我闻到香甜的气味。是什么气味？"

"是我吃了薄饼。"

"薄饼？嘿，难得啊。在哪里？莫非在公园？点点的店子？"

"哦，不不……是在商店街。"

小聪撒谎了。这是她第一次对鲇太朗撒谎。

"下次去点点的店子，一起吃。不知道点点还在不在……噢，是薄饼嘛。我饿啦。吃冷冻饺子吧。你也吃吗？"

鲇太朗用手指抹去嘴边的绿色。小聪没回答问题，一只手握着另一只手的手腕，笑眯眯。见鲇太朗又要端起空杯子，就问："再来一杯？"没等他回答，就从他手上拿走杯子。

有点儿不对劲。鲇太朗把她上下打量，但小聪脱离他的视线，去厨房解冻饺子。

　　鲇太朗炒蔬菜做搭配。小聪做起了奶油炖菜。胡萝卜、土豆都切丁，甚至去棱角①。都做好时，已是晚上。

　　这顿饭，是最后一次两个人一起吃饭。

---

① 烹调方法。为防止煮碎，削去食材边角。

九

桌面竖排着三张一万日元的钞票。

鲇太朗从牙科医院下班回来，惊异地拿起放在钞票旁边的字条。

致鲇太朗：

请不要来了——我不再要你照顾了。我讨厌自己所有事情都想依赖他人。所以，这回我想帮一下别人。我前不久遇到有难处的人，他有一个大梦想。他说，他想跟我两个人一起去实现那个梦想。我打算离开这里，把我有的东西都送给他。感谢你一直以来的关照。

PS. 项链的钱还你一半。钥匙请从外面放入信箱。再见。

房间里还留有早上烤蜂蜜吐司的气味。两支没用完的唇膏掉在地上。

鲇太朗呆立片刻。

小聪说她不用我照顾了。她说她要帮某个人。然后说，还我一半钱。说钥匙从外面放入信箱。

这究竟是怎么回事！

昨天，不是两个人才好好吃过饺子、青菜和炖菜吗？炖菜还剩下半锅吧？有难处的人是谁？要实现什么梦想？"把我有的东西都送给他"是？……

鲇太朗想马上去校园，拿这封信求教正在那里散步的高明教授。

但是，在这之前，得先静坐一下。他伸手捡起唇膏，放在桌面。两支圆筒骨碌骨碌滚到另一边掉下。扫视屋内，小聪去健身房时带的运动包，随意搁在洗物槽下。那是两人称之为"食品袋"，放购储的便宜方便面、甜面包等东西的。一眼就能看出，里头空了。化妆台上摆的小瓶小罐，全都没了。

鲇太朗打电话给百合子。

百合子像等着似的，铃声一次没响完，她就接了。

"怎么啦？ 难得啊。"

"你好吗？"

"噢。"

"姐，你镇定点听我说：出大事了。"

"什么？"

"小聪离家出走了。"

"小聪，就是那高中生吗？"

"我没招了。"

194

"为什么？"

"说来话长。总之，很头疼，我不知怎么办才好。"

"莫非——得上医院？"

"不，没上医院，不过跟上医院一样……"

"来家里说吧。"

被百合子挂了电话，鲇太朗看一眼桌面上的三万日元。他眼瞅着钞票，在房间里来回走对角线；最终他下了决心，但拿起钞票要放进钱包时，另一只手却已经拿着雪茄空盒。鲇太朗把三万日元塞了进去，粗鲁地合上盖子，放回原处。

鲇太朗走出房间。他锁上门后，忽然想起附言，把钥匙放进了信报箱。他马上又觉得，不现在放也行。没了钥匙，不能自己进房间了，里面还有一些物品呢！但是他向着电车站小跑。他感觉尽早赶往姐姐家，是最要紧的事情。

鲇太朗冲上车站台阶，回想起曾见过的一对年轻男女演奏者。很遗憾此刻他们没在那里唱爱恋的歌激励自己。他没注意到，另一面的台阶上，一个吉他手用纤弱的声音唱着那种歌。他也不知道，在吉他手旁边，面对打开盖子的吉他盒，小聪托腮坐着，听得入迷。

小聪颈脖上没有项链，肌肤洁白晶莹。

"她留下的信，就是这个。"

195

说到最后，鲇太朗把兜里的字条递给百合子。百合子像看毕业证书一样，双手捧读。读完之后，她把字条放在桌面，像确认笔迹的小小凹痕似的，用食指蹭了几下纸面。

　　然后，她又缓慢地，一字一句读出来。

　　"姐，怎么看？"

　　"噢——有难处的人是谁？"

　　"不知道。"

　　"她说要'实现梦想'？"

　　"也不知道。"

　　"项链呢？"

　　"我送的。"

　　"多少钱？"

　　弟弟片刻的迟疑没逃过姐姐的眼睛。

　　百合子召唤停在窗帘轨上的鹦鹉咪咪，咪咪站到她肩膀上。然后在一番逼迫劝诱之下，鲇太朗坦白了在牙科医院打工、买昂贵化妆品和那三十万四千日元。

　　"那，还回的钱，为何只有三万日元？　如果是三十万四千的一半，该是十五万二千吧？"

　　"以小聪的算法，就是那样的吧……"

　　"她卖掉了吧？"

　　"啊？"

　　"她卖了六万日元，就是那个价吧？"

鲇太朗无语。咪咪从百合子肩头飞向窗户。

"你的干劲真可谓可歌可泣啊。"

"太吃惊了，欲哭无泪。"

"大概，我们对她也无能为力吧。你会为这段经历自豪吧？"

"我为什么要自豪？"

"你的干劲，也只能这么着发挥吧？ 我倒羡慕你，为了这个小姑娘，不惜出大力、流大汗，让她奢侈一番。那是怎样的心情？ 我从没对谁有过这种感觉——把自己挣来的钱都送出去……我嘛，很唯利是图的……"

百合子自言自语一番。鲇太朗边听边留意起眼前的墙壁。那是儿鸟小姐的墙壁。她那黏在凹凸不平的格子图案上的目光，几乎抓住了他的眼球。

"不过，对你不一样。你奉献给那女孩的部分，我用版税都补偿给你！"

鲇太朗被百合子扳过肩头，一愣。

"版税？"

"对呀。用我的书的版税。你等着，我马上就写好了。然后填平这次的支出之后，若有余，我跟小桃和你，一起坐喷气机去日本海的藤子姐姐那儿去玩。"

"喷气机……你真要出书？"

"那当然。写了就是要出。"

百合子又召唤在灯罩上轻抖翅膀的咪咪过来，然后把它放进笼子，放在鲇太朗跟前。咪咪艳丽的羽毛和闪光芝麻粒似的眼睛，以鸟类的方式安抚他的心。

"所以你不用担心。鲇太朗，你不用担心啦。"

鲇太朗把百合子的声音听成了咪咪的声音。他把食指从笼子空隙塞进去，眼看着指头夹得涨红起来。

在百合子家吃了晚饭，鲇太朗步行回家。

时隔好久回自己的公寓。前面路上的樱树绿叶婆娑。一想到从今晚起不再回小聪的旧公寓楼了，他还是感到落寞。他考虑起自己留在她房间里的物品——好几天的换洗衣服、好几本教科书、讲义，另外的……就那么些了。都不大要紧。不过，现在感觉无比重要似的。还有，小聪……去哪里了呢？

鲇太朗仰望灰云浓重的夜空。他想象白色的小聪变身为流星、独角兽或者火箭烟花，笑着拨开浓云，划空而去。

姐姐说，没什么能为她做的。可是，自己究竟对她做了什么呢？ 买给她化妆品、衣服、那条昂贵的项链，仅此而已。不是只做了这些，是只能做这些。此刻她不在了，他感觉一切的奉献，都只是在填埋空荡荡的心和时间。多空洞啊。但空洞是动力。小聪出走，也是理所当然。她逃得对。在被空荡荡的自我空洞埋掉之前，在不强大、不直截了当、不美好的东西堵死了出口之前……

好几个变为流星、独角兽或者火箭烟花的小聪挤满了天空。那笑声没有落到鲇太朗站立的地面。终于，他泪水盈眶。

鲇太朗抓起信箱里积存的邮件，踏上楼梯回房间。他边走边分开广告和信件，当中他发现了一张明信片，一瞬间他几乎踩空了楼梯。广告单、电费单散落在楼梯上。

鲇太朗冲上楼梯，在最挨近大门灯下方，把那张明信片按在门板上。

久疏问候。

那次太给你添麻烦了。

我每天从远方向你所在方向礼拜，祈求你幸福。

儿鸟美津子

儿鸟小姐！ 那一串文字的捺或钩，就像飞刀一样，扎中他的心脏。他觉得额头和颈后血流如注，但手一摸却是透明的汗水。

鲇太朗背靠着门，专心致志重读短短的句子。没写寄信人地址。背面一看就知是手绘。画着盛开的樱花和城堡似的建筑物。打稿的铅笔线模糊了。明信片本身也带着潮气。

凑近了看，浅浅的邮戳可见投递日期，是距现在差不多两周前的日期。只因鲇太朗两周没回来这里，没看到它而已。

"这是怎么回事!"

鲇太朗当场吼叫起来。这时,他背靠的门突然打开了,住在里面的人走出来。是上同一所大学的男生。

"中里君啊。还以为是个醉鬼呢。你怎么啦?"

"太过分了! 你瞧,你收到过这样的信吗?"

鲇太朗用发抖的手把明信片递给邻居。但是,在对方视线投下前,鲇太朗翻转了明信片,看不见内容了。

"哦,我没看清。"

"不用了。"

"哎,看看嘛。"

"不用。"

"怎么回事嘛。在人家门口吵闹。你不让我看,我报警。"

"不,绝对不行。"

男生嘟嘟囔囔关上门,走廊上又是鲇太朗一个人。

俯视楼梯下,刚才绿色的樱树,看起来像明信片上的樱花般盛开了。

鲇太朗决定,收到儿鸟小姐信件一事不跟任何人说。因为他觉得,在小聪不辞而别的这一天得到这张明信片,有重大意义。

进入房间,他反反复复读,把明信片贴在书桌前的墙壁上。他还意犹未尽,用铝箔包上旁边的国语辞典,用裁纸刀划个口子，将明信片垂直插在上面——弄成一个祭坛似的东西。

我每天从远方向你所在方向礼拜……祈求你幸福……

她的声音久久回响在鲇太朗耳畔。

他辞掉了牙科医院的兼职。

最后那天过去取工资，他在技工室一角等待领工资袋时，卫生士江口小姐走过。

"中里君，真不干啦？"

"是的，谢谢你的关照。"

"不再过来了？"

"噢……"

"为什么？"

"可以不干了。"

"这世上还有不干活也行的呀。"

"哪里，不好意思。"

"你不来，太遗憾了。"

江口小姐在旁边墙上的挂历撕下一小块纸，拿胸前口袋里的圆珠笔写了写，递给鲇太朗。

"闷的时候打给我。"

鲇太朗回想起曾见过她裙下的塑型裤蕾丝，一时无语。江口小姐对他手足无措的样子挺满意，把脸一下凑近。鲇太朗后退。技工们全不理会二人，弓着身撒粉制作义齿。

"再见，中里君。"

江口小姐裙子一飘，走了。技工室长从会计处领回了工资袋，鲇太朗接过，离开了牙科医院。

日居中天，世界如同置于巨型乳房里。

时隔许久，鲇太朗想去学校听课了。因为既无必要流汗打工，也没有要他照顾的女孩子。实际上，他因小聪出走的反省，因明信片出现而大幅减少了。那天晚上，鲇太朗完全忘记了衣兜里的告别字条，就把牛仔裤丢进洗衣机洗了。字条变成碎末黏在牛仔裤上，干了之后用透明胶带滚过，就把碎屑清除干净了。

说来，光天白日之下，不再被那鹤一样的少女依赖的寂寞，跟阳光一起从头顶渗入。

鲇太朗晃晃脑袋，好歹甩掉小聪的残余影子。然后，他眺望着院子里的树木草坪，欣赏住宅小区初夏的氛围。有他中意的房子时，他就探头到围墙之上，隔着窗子看那家的严厉主妇和孩子们上演午饭时的一番骚动。住宅小区里的法国餐馆生意红火，看得见年轻女士们刀叉明晃晃。不知是肉是鱼，大碟子上搁着湿乎乎一块橙色东西。他突然想：不妨用兜里信封的工资，去这类很贵的法国菜之类的时髦餐厅，豪气一把点喜欢的菜？从前菜到甜点，不大懂名字的菜都点上，跟想象的比较一下，吃惊一番。这样的奢侈游戏，小聪会很高兴吧……但是，鲇太朗察觉了：

小聪已不在了。

法国餐厅旁的红砖房子的院子里，一个戴草帽的女童在蹬三轮车。里面有泳池边的那种遮阳伞和两张帆布躺椅。躺椅上的两个女人也像在泳池边那样，戴墨镜、帽子，膝盖以下裸露。两人不知是否闭着眼睛，对从围墙上窥探的鲇太朗没有反应。只有女童盯着鲇太朗，脚下仍旧蹬车。

鲇太朗想把心中的小聪的面影，埋葬在这个美丽庭园里。在这里的话，有骑三轮车的女童。腿长的母亲有两个之多。草坪沐浴着阳光。玄关连着红砖的欧式门廊。她不会觉得无聊的，总有可爱的玩伴，不用上健身房，在舒适的客厅吃下午茶点，晚上就看着电视等上菜吧。

在鲇太朗心中，小聪已经不是高中生，变成了他曾经的小妹。

"中里君！"

听见惊叫似的声音，鲇太朗连忙抬起头。一名躺着的女子摘下墨镜，看着这边。似曾相识的面孔。

女子懒洋洋地下了躺椅，光着脚走近围墙来。鲇太朗恍然大悟。

"哎，你是中里君吧？"

这张放下了头发、南部岛屿风情的脸，鲇太朗曾在丸子屋的厨房里见过——当时她系着竖条纹围裙。

"噢噢……是丸子屋的……"

"对对，我姓花园。你忘啦？"

花园桑笑得灿烂。

"我记得。承蒙您面试时关照。"

"好久没见啦。中里君，你白天都不来了嘛。我是主妇，晚上干不了……面试之后我们就没见过了。最近怎么样？习惯了吗？胖妈妈桑和师傅没欺负你吧？"

花园桑把胳膊架在齐胸高的围墙上，向鲇太朗这边探出身子。花衬衫的胸前通透，日光下呈金色的头发扎进茂密的叶子里。鲇太朗一时忘了问题。

"嗯……"

"你挺精神的呀。"

"哦，我挺好。"

"我也悠闲自在啦。真是讨厌，一不小心，就让人看到丢人现眼的模样。"

花园桑吐吐舌头。鲇太朗缓过神来，问道：

"这里是您家吗？"

"不是。这里是朋友的家。那孩子是她女儿。哎，小安妮！"

小安妮没停止蹬车，无论往哪个方向蹬，她的脸都像猫头鹰一样，一刻不离对着鲇太朗。鲇太朗笑着打招呼："你好，小安妮。"那一瞬间，她呈现一愣的表情，伏下脸，停止蹬车。

花园桑说悄悄话似的，更加挨近鲇太朗的脸。

"我呀，不做兼职的日子，一般是在小安妮家，这样子放松的。家里虽然也有院子，但一待在那里，不知怎么的就垂头丧气了。这里向阳，心情真好。中里君，你住在这边吗？"

"对，离这里步行十分钟。今天去那边的牙科医院回来。原来做兼职，辞掉了，去领工资。"

"哟，那边的牙科医院？我家姑娘，哎，跟我长一模一样的初中生女儿，也在那里看牙呢。——原来是这样啊。你干的期间，我也去就好了。不过，你了不起呀，在便当店干，还在牙科医院干。"

"哪里，就干了一阵子……"

"你现在去学校？"

"对，我打算去学校。"

"吃过午饭了吗？"

"还没有。"

"那去我家吃？其实呀，我正好无聊呢。"

鲇太朗一时答不上来。这样的好天气里被邀至陌生人家吃午饭，是很开心，但刚才下了决心一定要上学的。

"哎，来吧。我交到年轻朋友，太开心啦。"

可是，照花园桑的说法，两个人已经是朋友了。

她返回帆布躺椅处，穿上凉鞋，收拾一下随身物品，摇一下小安妮的妈妈。孩子的妈没醒。她转而向小安妮说："阿姨回家啦，跟妈妈说一声。"鲇太朗对小姑娘微笑之后，她一直盯着地面。花园桑走出院子。

鲇太朗跟花园桑离开了那家院子，期间他好几次回首看那不动弹的母亲和小安妮。

花园桑家在东边，是在这一带都算特别醒目的豪宅。

停车场停着绿色的左驾车。鲇太朗觉得不解：住豪宅的太太为何要在便当店打工？但问起来难为情。进了玄关，在铺了白布的鞋架上，放着一座母子狮子的雕刻。

"这个呀，是从印尼带回来的。因我丈夫调动，我们在印尼住了约两年。我就把它从当时住的房子里拿回来了。它好像是有著名传说故事的。好看吧？来来，请进。"

花园桑拿来客人穿的拖鞋，放在鲇太朗脚边。拖鞋凉浸浸。

无论看哪里，花园桑家里的清洁都很完美，家具高雅，客厅宽敞。初见时，鲇太朗觉得她有些扭捏作态，显得轻佻，但看来她做家务很扎实。

她半强迫地让客人坐在客厅沙发，用雕花玻璃杯端来有药味儿的凉茶水。

"我现在就做，吃简单的。你有不吃的东西吗？"

"没有。我什么都吃。我来帮忙。"

"不，不用。你在那边随意，等着就好。"

花园桑站起来，一边系上搭在椅子上的围裙，一边向鲇太朗微笑。

幸亏跟来了?鲇太朗想坐得随意，却总不能轻松，他正迟疑不定时，花园桑做好了盖饭和酱汤，鸡肉鸡蛋盖饭的鸡蛋几乎从碗边坠下。她把电话机旁插大丁草花的小花瓶也拿来桌子上——转眼间，饭菜准备妥当。

"不好意思，简单做一下。不过我很开心，今天来了年轻有为的客人。"

"承蒙您夸奖，不敢当。"

"有啥'不敢当'呀。我很高兴。来，吃吧。"

花园桑拿起了大碗，鲇太朗也学她。鸭儿芹香气扑鼻。盖饭十分美味，米饭上有半熟的鸡蛋和大号鸡腿肉。但是，越是好吃，鲇太朗就越后悔来了这里。对啦，自己不是要去听课吗? 看时钟，要听的课已经开始半个小时了。

不工作，不学习，跟只见过一面、只知姓不知名的女人面对面吃美食，鲇太朗为此内疚。这肯定是所谓"不靠谱"的行为之一。

"怎么样，合口味吗? "

花园桑双手捧汤碗问。

"啊，对。很好吃。"

"谢谢。我呀，在印尼没事干，就去上烹调班了。不过，家里有两个女佣，我做饭也就是业余爱好啦，早午晚都交给她们做。"

"哦，家里有女佣？"

"对呀。公司给雇的。那房子可好了。很大，满眼绿色植物。做饭搞卫生都是女佣干，我太轻松了。院子里长满树，什么橡胶树、棕榈树之类，跟大家在那儿玩捉迷藏。还会再调到那边吧。"

"您先生是做……"

"我先生？ 他做商社的。进口茶叶、咖啡。中里君将来要做什么？"

鲇太朗还没有认真想过自己的将来。

要就业的话，也该着手准备跑一下了。但是自己适合干什么呢？ 想干什么呢？ 活到今天，鲇太朗就连自己是从哪儿来的，几乎都没有想过。他身边总有人比他先想、先说出来。所以，在履历书里，准确地说，是写周围人的比写自己的多。也许自己这人，就是从周围人借齐了零件，组装起来的吧……要是一件件分解开、物归原主，可能连一根小小的头骨也不剩下。鲇太朗有时好怕这一点。

对沉默下来的鲇太朗，花园桑微笑着说：

"你还年轻，做什么都行。喝西梅汁？"

她手拿深紫色液体的玻璃杯回来，把杯子放在桌面，坐下来之前解下围裙，不叠好就夹在腋下。然后，她指头一弹似的理一下花衬衫领口。二人不时对视一下，吃鸡蛋鸡肉盖饭，喝酱汤，最后喝了西梅汁清口。

午餐要结束了。风从窗帘半开的窗户吹进来，感觉惬意。鲇太朗带着继续滋长的内疚，心平气和地迎接饭后瞌睡。花园桑也眼睛半闭要睡着了。在这个家，鲇太朗这才感觉到真正的轻松。越发沉重起来的眼皮开始不规则地盖住他的眼睛。眼一闭，灿烂的午后小世界就消失在眼皮下的多彩黑暗之中。但若撑开眼皮，则一切倒带似的，回归原来位置，像收回吸尘机电线一样。

突然，花园桑站起来。

"我们上去吧。"

"嗯?上去?"

远近感突然错乱，鲇太朗眨眨眼睛。花园桑看似两米高的巨人。

"总之这里不好，上去吧。"

花园桑拉鲇太朗的胳膊站起来，走出客厅，上楼梯。然后扔进去似的拉他进入最里头的房间，从里头锁上门。

在微暗中，花园桑吧嗒吧嗒走近鲇太朗。

两人的平和消失了。鲇太朗觉得遗憾，愤愤然。但是，已有思想准备。当她的手触到他手臂时，不知是他想那样，抑或是她的意志，两人随即滚到身后的大床上。就此滚了三圈，花园桑在鲇太朗上方，她脱去花衬衫，鲇太朗将她肩头的长衬裙带子拨下。这时候，那天离家后就不曾想起、但早晚不忘礼拜祭坛的那句话，直接窜过他的身体：

"我每天从远方向你所在方向礼拜……祈求你幸

福……"

鲇太朗的动作停止了。那一瞬间，他感觉她确实从远方向自己礼拜。儿鸟小姐她，儿鸟小姐在礼拜!鲇太朗从床上跃起，他冲向门口、跑下楼梯。

"等一下！中里君！回来！"

鲇太朗听着身后的怒吼，拼命把脚伸进旅游鞋，走出那个家。有故事传说的狮子雕刻目送着他。

户外依旧是初夏午后，阳光灿烂。

鲇太朗脸色苍白，仿佛天空的颜色直接落在脸上。

点点听着废品回收车的广播吆喝，从斜下方看辛迪·克劳馥的海报。然后，她在心中呼喊（说吧，现在没人听见）。

点点想对辛迪说"你滚开"。想大声地、盛气凌人地说。现在这样光着身子躺在慎平旁边，只能说是错误。与其光着身子躺在男人身边，她更愿意穿平底鞋走在蓝天下。不过，慎平也好，慎平房间的一切也好，欢迎、容纳这样的她。他说"你待着就行"。是自己走进这样的空间，接受人家倾注爱情，而自己又认为都错了——点点自己不喜欢，却又无法拒绝。所以，她就想以同是女人的刻薄，对这位辛迪发泄："你滚开。"

空调的风吹着裸露的腹部，点点暗自寻思，这阵子烦恼她的，是在点心制作用具卖场遇到的小聪的一句话。邀她来薄饼聚餐时,她明确说不想叫上鲇太朗。点点第一次见那么明确拒绝他的人。点点担心鲇太朗。而慎平担心那天以后变得更加沉默的点点。点点是人家担心她,她就更不爱说话的人。

慎平的爱情,这种底部穿了洞的爱情,就如同百货大楼洗手间的自动感应水龙头……点点翻个身,心想。你伸手过去,它就一直冒水和泡泡。面对收回了手还继续流出的水和冒出的泡泡,你感觉手一洗再洗还是脏的,离开不了。只能伸手到冒泡泡和水的地方,继续洗。可是,够了,已经洗过了头,手都洗粗了! 不能因为水和泡泡冒个不停,就没完没了。因为手早就洗干净了……

于是,点点决定趁下午的情事之后,解除跟慎平的恋人关系。

废品回收车的女人声音听不见了,我先起床。然后穿衣服,去洗漱。之后……慎平醒着吗……醒着的话谈得快吧……结束这样的关系时,用什么表情、什么腔调为好呢……慎平会哭吗……

一留神,废品回收车的声音听不见了。点点揪着毛巾被的边一扯。

"你没睡着?"

点点在想关于慎平的事,却忘了他本人就在身边。她吓了一跳,想回答时唾液进了气管,呛住了。

"不要紧?"

慎平伸手来摸点点的额头。

"别摸我。"

点点往旁边挪，不让他手够着。

"为什么？"

慎平欠起上半身，窥探她的脸。

"别瞎看嘛。"

点点低下头，用枕头捂着脸。

沉默开始了。慎平回到原来位置，不去打扰她。又传来废品回收车的广播吆喝。似乎正靠近来。

"又来了，吵死人。"

慎平话音未落，点点一下站起，捡起落在床下的衣服。

收起的布像铁砂黏附磁石一样，一瞬间遮盖了点点的身体。

"点点，你去哪里？ 今天要去便当店？"

"不是。"

点点拉近厨房唯一的钢管椅，放在床前。然后她坐上去，俯视慎平。

"怎么啦？ 不要打工的话，一起吃晚饭吧。或者，现在吃白面包？"

"晚饭或者面包，我都不吃了。我决定了。"

"咦，为什么？ 想瘦身吗？"

"你不明白？ 我，已经……"

慎平的表情"刷"地绷紧了，点点保持不住势头。但是，在他身后，墙上的辛迪死盯着她。辛迪，点点用眼神求她。

　　"我，如果不马上跟你分手，就得淹死掉。"

　　慎平默默拉起毛巾被，在床上欠起身。点点"咕嘟"咽一口唾液。

　　"你这是什么意思？"

　　"就是说……"

　　"跟我在一起很无聊？"

　　"不是，有时好像是开心的。"

　　"只是好像？"

　　"问题就在这。我心情不好。不开心时，我就那样。"

　　"你说你的心情，也就是你本身吧。"

　　"可能就是……"

　　"那就好了嘛。我知道，从一开始，你就没真心喜欢过我。彼此心中有数，所以，我们不就是为了渐渐喜欢上对方，开始交往吗？"

　　"可就算这样子了，也没渐渐就怎样了呀。如果说定要喜欢上，岂不很奇怪？　不过，这也是试了才知道的。"

　　"我也不满意这样子交往。最近老是见不上；见了你，你也不笑；偶尔笑了，也不是开心的样子；开心了也不笑。"

"对。"

"为什么?"

"很勉强嘛。我就一般般喜欢你,可是……"

"可是?"

"不能用匙子吃面条……"

"什么?"

"也就是说……不觉得是自己豁出命来喜欢的。"

"你不必豁出命也行啊。一般般喜欢的话,就够了呀。"

"可是,没喜欢到豁出命的,不算恋爱吧?那样子相恋的两个人,才是真恋人吧? 不是那样的,我不要。"

"不那样狂恋也可以的呀,能待在一起,我就可以了。"

"那不是来真的。"

"那种意义上的真恋爱,怎样才能有? 我们算假恋爱吗? 虽然可能是时不时的,虽然可能最近没有,两个人绝对快乐的时候,肯定有嘛。那也不是真的,是假的吗?"

两个人绝对快乐的时刻……一想到这个,点点就难受得几乎透不过气。那是因为如慎平所说,肯定有过的。可是点点尽力憋住,使劲挤出声音。

"假恋爱什么的,我不要。"

"我无所谓。"

"即使你无所谓,我也不要。"

"我明白了。那好吧，我从现在起为你豁出命。"

"啊，现在？"

"对，现在。这种恋爱就是你说的真恋爱了吧？"

"噢……"

"那就没有任何问题了？"

"……"

"所以，你也得豁出命啊！"

"那样子，我做不到！"

慎平一拳砸在墙上。点点条件反射般从椅子站起来。膝盖在颤抖。刚才在后面支持她的辛迪，此刻看起来跟慎平一起，责备起自己来了。点点握起拳头，什么辛迪，我马上把你扯碎。金发、大胸、屁股，让你四分五裂。

"所以，明白了这一点，我跟你，已经不能交往了。"

慎平松开拳头。他无力地靠在墙上，就像中了麻醉枪、被运走前的大象。点点在那里也待不下去了。

"你一直关照我，对不起。"

眼泪淌下来。她想，别哭啊，慎平。但哭的是她。她冲出房间，一口气跑到公园。

公园里，遍地紫阳花盛开，就像在绿色底纸上砰砰盖了印章。梅雨即将到来。她因为一路跑过来，T恤衫后背大汗淋漓。

点点在小卖店买了四个雪糕。

她在长椅坐下来，吃掉了雪糕；手指和嘴巴周围黏黏糊糊。一按作痛的太阳穴，刚才的泪水接着流。想再哭，不知何故笑了；那干脆笑吧，却又哭了。

十

　　百合子按住回车键，看着向上的箭头从白色画面右边往左边跑。

　　每碰到左端，页码就换，但分界已经不大明确。箭头一直在跑。它以一定节奏从右跑向左，完全顺从电子脉动。

　　百合子的手指松开按键。箭头一下子停住。

　　在最后的箭头上面，黑色光标闪烁着。感觉要写上点东西才行。但是百合子的手指没有伸向文字键，而是按住了退格键，将箭头取消。与其说是消失了，看起来毋宁是从左向右反方向跑似的。按过了头，小说的最后消失了。

　　"唉呀呀。"

　　百合子慢慢打出消失掉的文字。打出"终"。然后又开始按回车键。

　　差不多一个小时，她就反反复复做这件事。

　　眺望室内的咪咪扑扇着翅膀，从窗帘轨飞来，落在笔记本电脑的上沿。百合子不失时机，用没按键的手抓住它，把它按在白色画面上。真想让它进里面，跟箭头一起跑。但是咪咪猛晃身体，不顺从。

今天过午，百合子写完了小说。

没有重读、修改。

以她的想法，作了推敲，这篇小说就不是这篇小说，不为真正意义上的第一篇小说了，所以绝对不那样做。总而言之，价值就在于是第一次。

于是，她只好借口箭头来来回回，假装不小心删除了文字。然后，一字一句不差地重打出来，拖延临终时刻。打了无数次"终"，仿佛任何好句子都无法逃脱了似的，把结束的出口严严实实封闭起来。——她只能通过这样的行为，与这篇小说发生关系了。

其间想上洗手间的，但百合子使劲憋住了。逃脱了女主人手掌的咪咪，此刻在房间里不停地飞。百合子的食指又落在回车键上。腹中水分憋得难受，但手指离不开。可越是忍耐，越是感到膀胱满胀。百合子在难受之中想，最终，写完的小说已经不理会我的尿急了。不管怎么通过键盘反复爱抚，装作用铁板封盖，它已经不是我的小说！

就这样，百合子知道了，告别时刻终于来临。

她不再按住键，一个一个从左到右消去箭头，在有"终"的一行前停住。她按一下保存键，用右上方的"×"关闭文件夹，然后冲向洗手间。

好了，一切结束！百合子坐在便座上，放松下来，胳膊肘支在大腿上，托腮思考起来。

既然已经完成，接下来得尽早一刻交给某人阅读，趁着用标点符号串起的词语们还有一口气，十万火急。一抬头，贴在墙上的线路图映入眼帘，因为身子前倾，比平时看得真切。这是东京地铁线路图，一搬来丈夫就贴在那儿了。

这时候，百合子第一次把这线路图当作现实存在的城市简图看。她眼前浮现一个情景：自己写的小说，仿佛是落在蜘蛛网上的小灰蝶，被那色彩缤纷的网攫住、撕咬成碎片。她咽下一口唾液。

告知来客的门铃响了。

百合子从容地拿卷纸作了后处理，用香皂洗手，然后走向大门。其间，门铃继续响。

"姐，你干吗呀？"

在门外久等的桃子问道，但百合子只说了"洗手间"，就回身返回客厅。桃子身后，是拿着小花束的鲇太朗。

姐弟俩兴冲冲进了客厅，百合子两手撑着厨房的柜台，庄严地说：

"结束了。"

什么结束？ 桃子问。

"小说。"

"噢，小说。写完了？"

"对。"

"那就正好啦。这束花，祝贺你的。"

“贺什么？”

“祝贺你大功告成。”

“没什么好祝贺的，反倒是想悼念。”

百合子准备茶水，弄得稀里哗啦响；她坐在厨房椅子上等水烧开。

鲇太朗从靠墙架子上拿起一个花瓶，去洗手间装水插花，拿回来。

“这个，放在哪里？”

他连花瓶拿给厨房的百合子看，百合子伸出手，摸摸花瓣。

“喜欢吧？我跟小桃商量了，叫花店的人选的。”

“为什么？”

“什么‘为什么’？”

“你们做了惹我生气的事情？”

“不是啦。只不过就是谢谢你嘛，平时挺打搅的……”

百合子什么也没说，交替打量鲇太朗和客厅的桃子。然后，又弹一弹、捏一捏那些花瓣。水开了。鲇太朗往三只马克杯里倒开水，拿去客厅里的桌子上。手拿花瓶的百合子跟在后面。

“鲜花果然最配二姐啦，beautiful！”

桃子笑嘻嘻地说，百合子不为所动。

“怎么突然来了？”

"因为我们有空。"

"为什么会有空？"

"你明知嘛。我们被小聪甩了，两个人都很寂寞。觉得不给你送花，很过意不去。"

桃子说着，搂着坐旁边的鲇太朗的肩头。

"对吧，鲇太朗！"

他想不出别的好回应，只是"嗯"地点头。于是，桃子扭着瘦身子，一口气说下去。

"我呀，一直惦记着她，在鲇太朗出现很早、很早之前就是！可她呢，一跟鲇太朗好了，就把我忘得干干净净，而且，这回还对鲇太朗也腻了，跑到别的男人那里去。这种行为，不是严重的背叛吗？"

百合子靠着沙发，问："桃子，你跟那女孩子有约定什么事吗？"

"约定？没有。不过，这是背叛呀。虽然没有明文写出来，不言而喻的呀。"

"什么事情不言而喻？"

"我们的……就是说……"

百合子等着下边的话。桃子深深吸一口气，说道："信、赖、关、系！"她把弟弟的肩头搂得更紧。

"而且呢，这位鲇太朗，就比我还更惨了。虽然他说了不是在交往，但每晚陪她入睡、给她做饭、买各种东西给她，到什么牙科医院去打工。哼，那孩子，她对我们究竟是怎么回事啊？ 我们两个真可悲了。一把鼻涕一把泪啊。"

桃子捂着眼睛。鲇太朗默默看着桌上的黄色花。

关于小聪的出走，通过百合子，桃子马上知道了。桃子嘴上说可悲，可在鲇太朗看来，她是怒气冲冲。

离那天已经过了几个星期了，她的怒气好几次以同样的新鲜度爆发。但是，生气的桃子比平时更生气勃勃，安抚她未免可惜。鲇太朗在一旁承受小姐姐的活力，希望蓄养精力。

百合子把光脚丫搁在小桌子上，说道：

"那么想照顾人的话，有好地方啊。车站对面的一所高中，需要人照顾的不良少女，有的是哩。"

"女孩子够了！"

"既然如此，尽快找个男朋友？"

桃子把捂脸的手放在膝盖上。然后，她拿起泡在开水里的茶包摇晃起来。

"不过，我的男朋友得是棒棒的。"

"其他无所谓，棒棒的就行？"

"也不是无所谓，但不是身体棒的人，跟我在一起就思想复杂、麻烦。所以，不结实的人很烦。说起来，那个笨大学生也行吧。健身房那大学生啊。他嘛，表面感觉还不坏，当做青春时代的回忆，感觉也不错。"

"那个人，就是早前说的那个吗？"

"对。差一点顶替了公民馆的人。"

对"公民馆"一词有反应的百合子和桃子盯着鲇太朗看，但见他脸不红也不白，两人觉得没劲。

咪咪飞过来，用喙啄啄百合子的脚尖和桌面。好一会儿只有这个声音。等鹦鹉再飞回窗子时，桌子奇特地显得太大了，在姐姐们眼里，跟这场面不协调。

"不过，挺可悲的。"

桃子拿起马克杯，提起茶包小绳子。

"相当……"

茶包滴着褐色水珠，被丢到脚边的垃圾桶。她喝一口热红茶，说道。

"姐，没蛋糕什么的？"

"没有。你们来得突然么。"

"那，鲇太朗。你去车站前的蛋糕店买点来。"

"我想吃千层酥。"

"拿着。"

桃子从手袋拿出钱包，塞到弟弟手上，拍拍他后背。

鲇太朗站起来，走出房间。

马上就到暑假了。

鲇太朗请班上同学复印了因打工而缺的课的讲义笔记，为通过期末考而发奋努力。

慎平和点点的情况，去慎平住处借笔记时，听慎平说

223

了。慎平看起来干瘦，腿毛比平时还密。但是，他打开鲇太朗带来的白面包袋子，涂满人造黄油，当场吃掉了一斤。

鲇太朗专心致志学习，仿佛要夺回浪费的时间。他急于增加脑细胞。课与课之间有空了，他就找一个上课中的教室，在不显眼的座位上坐下，目不转睛地吞咽人类知识的片段。他像幽灵一样游荡在教室区。而像跟随这个幽灵的幽灵一样，他身后总有点点。

为了让疲于往返在黑板和笔记之间的眼睛休息，两人有时去买一下果汁饮料，或在校园一角散步。从鲇太朗的神色看，点点明白他已经知道自己跟慎平分手了。他一句也没提慎平。而鲇太朗这样子每天来学校，沉默无语、发奋学习，应是点点料想的——那女孩子离开了。她也没说出口来确认。

这一来，点点以修女般的心情，心思一天到晚离不开鲇太朗。而独自发奋学习的鲇太朗，变得超乎寻常的伟大，她已轻易开口不得。

因为这样子，她在便当店时心不在焉。

益夫问她事情，问一次她总是答不上来，次次都要重新问。

"新野，你最近怎么啦？"

"……"

"新野、新野！"

"嗯？什么？你刚才说什么了？"

"我问你，你最近怎么了？总是凶巴巴的样子。"

看他那张自以为是的脸，点点对他好几次产生了温和的恨意。

"是吗？"

"对对，模样好可怕。像美杜莎。"

"你见过？"

"见过呀，书上。"

"那你，没变石头？"

"我？变石头？才不呢！"

益夫"哈哈哈"大声笑起来，他像把小石头扔进河里一样，把冷冻油炸丸子丢进油锅里。然后，他用抹布把溅到墙壁的油擦干净。

点点清清嗓子，把椅子摆正，一脸认真地询问益夫。

"哎，益夫君，打扰一下行吗？"

"哦，什么事？"

"为什么我跟鲇太朗轮不到一起？我在这儿也干了三个月以上了。或者说，我还是算新人？"

"排班的不是我呀。是师傅或者妈妈桑吧。不，应该是师傅。三个月，还是小宝宝嘛。"

"我能独自做便当了，算账、订货都行，之后还要学什么呢？"

"新野，你想错啦。往后不是要学什么，是要能

225

感觉。"

"感觉?什么的感觉?"

"就是当家做主的感觉啦,例如把握关门前将会有多少顾客来、为此要煮多少米饭之类。自己今后的定位——就是跟丸子屋同命运的感觉啦。"

"什么呀。"

"总而言之,三个月,很难产生这样的感觉。师傅明白的。"

点点觉得好无聊,开始在柜台整理杯装酱汤。

她把裙带菜、豆腐、菠菜、蚬四种杯装酱汤一一翻过底来确认食用期限,不足的品种从纸箱取来补充,新的放在货架后头,接近期限的摆在前面。

啊,鲇太朗! 点点在心里头喊道。我今后怎么做才是? 点点现在真想每一瞬间都为鲇太朗而存在。为此甚至跟慎平分了手。可为何要像这样子,戴着竖条纹包头巾似的东西、干着整理酱汤的事呢? 对点点而言,鲇太朗绝对必要;可鲇太朗是否需要自己,她实在没有确信。感觉不由自主地需要,但鲇太朗心目中珍重、不可缺少的女人的座位,因之前坐的人胡搞,黏上了种种不自在的东西,现在乘虚而入硬坐上去的话,她担心恐怕那座位本身会垮掉。

点点一下子没了主意,俯身在杯装酱汤的纸箱上面。

我原本期待的是什么?跟鲇太朗像一般恋人一样,做恋人做的事就满意了?如此烦扰自己的,感觉独一无二的这种心情,是为那么一般的事情吗?不会的。不,是那样的,不管怎么强辩,最终我就是那样: 想跟鲇太朗做那种事情。像一般的恋人一样,带着彼此相爱的自信,想走在外头、吃美食、赤裸相对。怎么也战胜不了欲望。豁出了命也想那样做。

点点站起来。捡起丢在收银机旁的圆珠笔,从订单夹子上扯下一页纸。在左边画圈,右边画叉,正中间画一条线。

然后,为了冷静看待目前情况,她首先在圆圈下面一口气写下鲇太朗对自己显示好意的举动。

"你写什么,新野?写诗吗?"

益夫的声音从厨房传来,点点头也不回答道:"对。"但是,笔尖停不下来。在头脑里,好几个和蔼的鲇太朗排成了队,向她招手。

"不出所料。你挺有诗人气质。"

"……"

"你是诗人。"

"……"

"也就是说,语言……你说话时……甚至不说话时……都很有诗意……就是诗。"

"你在说什么呀?"

点点不耐烦地停住手。她回头瞪着厨房里益夫的脸。

“我在做事情，你别没完了。”

“猪排剩点零头，要吃吗？”

“不吃。”

“那我吃了。”

“剩几个？”

“四个。”

“那，我吃一个。”

点点把写了个开头的纸装进兜里，回到厨房。益夫已经把猪排跟切丝的卷心菜盛在碟子里，还预备了两杯水，自己坐在圆椅子里。

“谢谢。”

点点把自己的椅子拉离益夫再坐下，先喝了口水。然后把柔软的猪排送进嘴里。当她尽量不动脖子以上部分地吞咽，以免鲇太朗的队列中断时，益夫已经吃掉了两块，用筷子示意剩下的一块，问：“你吃吧？”

“行啦，行啦，别客气，你吃！”

益夫没等回答，把猪排移动到点点的碟子上。点点不客气地把它送进嘴里，又花了很长时间咽下。

“你要是很想跟鲇太朗排在一起，我跟师傅说说？”

“什么？”

已说过的事情又被他提起，点点吃了一惊。

“没错，你才干了三个月，但已经干得跟我差不多了，挺得法的，所以师傅也不会反对吧。照我看，你确实

228

挺有感觉的。怎么样，我真跟师傅说说看？"

被益夫那副满怀慈悲的模样压倒，点点没细想就点了头："嗯。"我在外面整理酱汤期间，厨房里究竟发生了什么？

"好的。那我明天就抓紧说一下。"

"可是，你这突然……为什么？"

"我被你的一门心思感动啦。"

"一门心思？ 什么时候？ 刚才聊的？"

"不，回想起来的话，是下雪那天——让鲇太朗去那天啦。我被你的奉献精神完全征服。"

"那么早的事情……"

"不过，结果呢，还是我跟鲇太朗啦。你嘛，是想跟鲇太朗干活啦。刚才，我终于弄明白了。"

"老实说，是那样。"

嗯嗯嗯嗯，益夫满意地连连点头。

点点感觉脑子被偷窥了似的，有点不自在，但不是不高兴。反而突然觉得益夫才是自己最大盟友似的，不禁身子前倾。

"哎，益夫君。你觉得，我跟鲇太朗有可能吗？"

话一出口，她随即脸一红，觉得自己不单把命，甚至连羞耻心也搭在这次恋情上了。

但是，益夫很认真地回答她：

"就我看吧，很有可能的。而其次有可能的呢，是我。"

"很有可能？ 说真的？"

"很有可能，说认真的。其次有可能的是我，也是认真的。想来有了你的一门心思和奉献精神，没有什么难得住你。"

"可是，我失败一回了。那时候，另有喜欢他的人……"

"喜欢鲇太朗？ 他还喜欢那个人吗？"

"我觉得，他可能已经不喜欢了……可能吧……不知道……不过有了新面孔……正好现在那新面孔不在了……"

"那不是更没问题了么。你得马上冲上去，对他告白。"

"你这么看？"

"对，打心里这么看！"

点点看时钟。是十点五十分。她内心里源源不断激发起强有力的东西，几乎马上就要冲破便当店脏兮兮的天花板，把她吹上高高的夜空。

点点站了起来。

"益夫君，那我去一趟。"

"嗯？"

"我现在去鲇太朗那里一趟。"

益夫心壁的一角，此时哗啦地坍塌了。在坍塌的墙壁对面，可以看见自己的身影，置身于狭窄的丸子屋厨房，与点点面对面。

不到十秒钟，点点离开了店子。

被撇下的益夫想叠一下丢在桌面的围裙，从兜里掉出来一张纸。他扫一眼那张纸，不知怎么办好。但是，这期间手却径自伸到油锅上，张开手指。小小油泡包围了纸片，咻地冒出香气。

叠好围裙，收拾空了的猪排碟子，益夫哭了。

鲇太朗在房间里，一个人面对祭坛，注视着明信片上的樱花和城堡。

"祈求你幸福"……儿鸟小姐……可能此刻也在为自己祈祷的人……惦记自己的人……但现在，即便好几百次地大声读出写在上面的话，即便想象她笨拙地手拿画笔的身影，无论从哪一个方向礼拜明信片，鲇太朗总产生不了要直接去见儿鸟小姐的感觉。

遭遇与花园桑的危机时，那条震醒他的信息究竟是怎么回事？那是她最后的祈祷吗？或者是惩戒？

自那天以来，鲇太朗决定，为了她一直祈祷，自己也在这个明信片祭坛前祈祷。连这个也不干的话，该担心第二天要遭雷劈了。不过，也有忘记祈祷的日子。也有一整天没想到她的日子。可也没遭雷劈。而且那也不是此刻开始的事情。这几周来忘了又想起来，就是祈祷——忘记——想起——祈祷的反复，不知不觉中那里面谁的灵魂都没有了。所以可做的也就是认了：事到如今，儿鸟小姐仅仅是一张明信片而已！

那已经不是曾经相爱的女人，就是一张薄薄的方形纸。

受了伤的后背和胳膊，现在怎么活动都没问题，来个侧手翻也没事。

"嘿，结束啦。这就是结束。"

鲇太朗嘟哝道，从国语辞典里拔出明信片。他打算像电影里那样，划一根火柴烧掉。但他既没火柴也没点火器，于是他去了厨房，要拧开煤气灶。这时，门铃响了。

鲇太朗把明信片收在烤架里头，以便随时可重新举行这个告别仪式。他走去门口。

"啊，点点。"

门外站着喘不过气来的点点。

"怎么啦，发生了什么事情？"

点点获得益夫声援，一口气跑了过来，但见鲇太朗面的瞬间，她真想以两倍的速度回家。在鲇太朗瘦弱的长脖子上，仿佛挂着象征自己糊涂的珠子。

"不好意思，突然跑过来。"

"没事啦。怎么啦？"

"刚才……"

"刚才？"

"我是从便当店过来的……"

"哦，你是在当班？"

"益夫君他……"

"益夫君？"

"他说可以走开……"

"益夫君说可以走开。那，怎么啦？"

点点好想哭，她使劲想：益夫怎么不在这里呢？

用他厚实黝黑的手把自己推向鲇太朗就行，用三三七拍子或二二四拍子吹哨子也行……但是，求也没用，他始终是不在，所以点点拼命要想出有什么可以给予自己勇气——秋千上的女孩、炸牡蛎、雪、辛迪·克劳馥……列在圆圈下的各条有利因素……还有，鲇太朗。对，鲇太朗、鲇太朗、鲇太朗，归根结底是鲇太朗啊！

"出来一下？"

点点不顾一切地说了。她有点儿缺氧，晕眩。

"哦，去哪里？ 现在？"

鲇太朗少见地在胸前抱起胳膊。点点想，他可能害怕。不过，自己更害怕。仿佛不使劲，眼睛、鼻子、嘴巴、肚子，全都要四分五裂了。点点模仿他的样子。

"哪儿都行吧……已经是夏天了嘛。"

"已经是夏天？"

"夏夜感觉好呀……而且，走一走对身体好……说这个挺没劲，可不能不说啦。不好意思。"

233

"哪里，是我不好意思。"

"你道什么歉？"

"这不是你表示歉意了吗？"

鲇太朗看点点的眼睛。在好一阵沉默之后，他终于穿上凉鞋。点点松了一口气，跟着他走下楼梯。

在湿润的夜间空气围绕下，二人并排走起来。脚步自作主张迈向校园。笔直走过右边是糕点店和洗衣店的马路，来到自选商场时，点点停住脚步。

"哎，难得有这么一趟，来个模拟远足？"

"远足？"

"有点吃的东西，好像更开心……"

二人进了自选商场，分别买了东西。然后，二人走过住宅小区和停车场夹着的小路，过了南北向贯通市区的大马路，来到几年前才落成的大型高尚住宅区。途中，跟一个牵了三条长脸俄罗斯狼狗的人相错而过。拐过高尚住宅区，路对面终于出现了大学校园。

学生食堂二楼还亮着灯，听得见隐隐约约的音乐声。是一年到头刻苦练习的轻音乐部。

"在那个山坡上吃吧。"

点点指一下学生食堂前高一点的地方。

那是一个人工的小山坡，由浅水池围绕。形状是三个歪的球体相连，山顶栽了杨树。深夜里悄悄吃东西，是挺有感觉的地方。

登上山顶，鲇太朗对点点笑道：

"音乐环绕，月色皎洁，绝了！"

从轻音乐部的房间传来缓缓的吉他声。

点点用鞋底轻触地面，试探草地的感觉，确定摊开食物的地方。她定下平缓、草密的地方，指给鲇太朗看："这里。"

"来，吃吧。"

二人从袋子里窸窸窣窣取出买的东西，都摆在草地上。鲇太朗打开了清炖肉汤味的炸薯片袋子，点点从喝塑料瓶姜汁汽水开始。

吃喝之间，从学生食堂传来的音乐不断变换。

正在练习的，似乎就两个人。吉他声虽不时也有重叠的时候，但一个人停下时，必定另一人开始弹不同的旋律，不知是个什么规定。

感受着屁股下柔软的草，鲇太朗的心难得地安稳下来了。这样子享受夜晚，感觉已忘掉好久。另一方面，点点跟鲇太朗就两个人在这么暗、这么棒的地方，如果不把什么东西塞进嘴里嚼，心情就轻松不了。几乎要把不安分、不停穿行于肉和骨之间的心脏，移放到杏仁巧克力盒子里去。

直到分吃最后的蛋糕卷，二人都是默默听音乐。

不久，连音乐也没了。

不一会儿，看见两个人影走下学生食堂的后楼梯，他

235

们手里提着吉他盒子。在广场的照明灯光下才发现，两人都是女孩子。

"原来都是女孩子啊。"

鲇太朗说道。点点应道："是啊，原来是女孩子。"稍停加了句："出人意料。"

"点点，你会什么乐器吗？"

"上低音大号。"

"怎样的？"

"知道大号吧？"

"不懂。"

"大号里小的。"

"噢噢，"鲇太朗应道，又啃一口蛋糕卷。

即便音乐结束了，他的心仍轻松愉快。腹中饱饱，微风清凉，掌心触摸柔软的草，感受自下传来的泥土湿气。

"这里是个好地方。"

鲇太朗嘀咕道，甚至一半忘掉了旁边有点点存在。

"确实。"

点点早就吃完了蛋糕卷，从刚才起就在随手拔草。

拔起一把放到眼前看，是三叶草的叶子。甚至带有一茎纸罩烛灯似的、枯萎的花。拔出时，小草左右相连的抗拒感，稍稍缓和了点点的紧张。拔起看看、又拔起看看之时，她又看见一根长长的茎，带着小小的白花。点点在花的根部把茎弄成圈圈，套在自己食指上试试。她拔出之后，弄结实点，递给了鲇太朗。

"这个送给你。"

"什么？"

"戒指。"

"戒指……"

"刚做的。"

鲇太朗把那小小戒指戴在小指上。戴着花，感觉奇特，手指根部痒痒的。鲇太朗小心脱下圈圈，不弄坏了，放在草地上。然后又开始发呆。

点点之后就只拔有漂亮小花的草茎，制作成一个个相同的戒指，摆在自己和鲇太朗之间。

"夏天啦。"

鲇太朗说道。

"虽说春夏秋冬，夏天排在第二，真是很好啊。"

点点停住手，瞥一眼鲇太朗。他注视着昏暗的池面。仿佛不是对自己说话，而是对水池说话。她不想打搅他，没有搭腔。不动弹之中，眉毛痒了。用手指摸摸，感觉扁扁的一个包。她想说"蚊子叮了眉毛"，但忍住了，没说也没去抠。这时，鲇太朗开口了。

"点点，暑假怎么安排？"

"还没定。你呢？　回老家？"

"没定。也许盂兰盆节回去。"

"除此之外呢？"

"没特别的安排。牙科医院不干了，就在丸子屋打工吧。"

点点脑子里猛地冒出一个想法。她张开手掌，随手猛揪一把三叶草，说道：

"那，我们找个地方去吧。"

"哦，去哪儿？"

"哪儿都行，你想去的地方。"

"我想去……你呢？"

"我去你想去的地方。"

鲇太朗脑海里，掠过海边的那个家。曾想跟儿鸟小姐，然后是小聪去的那个海边的家……大姐住的、听得见波涛声、笑声不绝的家……

点点说："海边呢？"

"嗯？"

"海边。"

"海边？"

"因为是夏天。我想在海里游，喝口咸水试试。哪里的海好呢？你知道好的海边吗？"

一瞬间，他像是面对姐姐们那样，感觉点点看透了自己。于是他条件反射般地答了"我知道"。

"哪里？"

"我大姐那里。在日本海附近。"

"那里好？"

"非常好。浪不高、浅滩平……大姐的家，从前是我们家像别墅那样使用的哩。"

"哇，好棒。可以去吗，那里？"

"嗯。"

"去呀，鲇太朗。"

"哦……"

"什么时候去？"

"什么时候好呢……"

"那日子再定吧。或者考试后。"

点点被自己意想不到的勇气感动了，几乎拔光了山坡上的草。但是，当她控制着自己，望向校园对面的住宅区的灯光时，猛然想起了益夫。

此刻是他独自锁上收银机的时候吧。深底锅的米饭正好用掉了吗？ 说来，酱汤的纸箱子就那么打开着，自己就跑出来了吧……他得替我收拾一番了……下次得谢谢他……

另一方面，鲇太朗要找话来婉拒这项突如其来的旅行计划，但不宜和点点出远门的理由，一条也没有。感觉这位阳气好动的女性朋友，应该是一起旅行的最佳伙伴。

"好，我明天就跟大姐说，我跟你过去。"

因为鲇太朗这句话，点点的感觉又从丸子屋回到了这个山坡。

她伸出手，没去碰鲇太朗，而是抚过草地上的数十个三叶草戒指。

鲇太朗侧身躺下，闭上眼睛。

"眉毛，被蚊子叮了。"

点点终于说了，她得以尽情抓挠眉间痒痒的地方。

一一

　　下午两点整，电话打来了。

　　百合子正在客厅磨指甲。

　　正做右手的无名指，电话铃·"嘀铃铃"响了。

　　"这里是中里先生家吗？"

　　"是的，哪位？"

　　"我们是 MONTE 出版社，我姓能见。"

　　来了。百合子用耳和肩夹着听筒，快捷地准备好纸
和笔。

　　"方便找一下鲇太朗先生吗？"

　　"鲇太朗出门了。贵社是为了那篇小说的事情吗？"

　　"嗯？"

　　"小说——是谈小说吗？"

　　"噢，那个……是的。"

　　"我是鲇太朗的姐姐。听他说过小说的事。是寄给了
东京的出版社。我弟弟的小说情况怎么样？"

　　"哦，您是他姐姐啊？ ——您也知道小说的事。其实
啊，您弟弟写的小说很有意思。所以我一定要跟他
谈谈。"

"谈谈——谈什么呢？"

"要谈……这个嘛……"

出版社的能见看来只想跟鲇太朗本人说。但是，百合子不放弃。任何事情都是开头最关键。

"我也读过稿子。"

"噢，是么。大姐您也读了。"

"对呀。我给了他很多建议的。作为起头时的第一位读者嘛。我觉得的确有趣。不过，听他说已经寄出去了，我心想糟了，我说他呢，肯定还没交到合适的人手里，就被扔掉了。现在您这么郑重地说稿子很有趣，我这做姐姐的也很高兴。真是难以置信。"

"我是说真的。小说真的挺有趣。作者是个二十岁的男性，也挺意外的。噢，为了慎重起见，我先确认一下：鲇太朗先生是二十岁的男性——没错吧？且不说年龄，有时也有女性用男性名字写作……"

"没错。鲇太朗确凿无疑是二十岁的男子。我证明。"

"嘀，令人吃惊啊。在我们这边，还有人觉得，作者应该是个女性吧……"

"因为我这个女人也有些贡献呀。这样子，是男是女也没关系啦。"

能见"呵呵呵"地笑了。藕断丝连的、好长的笑。听来像是在争取时间思考如何结束这通电话。他希望我留意

242

吧,百合子想,可不能这么简单就完。

"贵社会怎么跟我弟弟谈? 电话上谈可以吗? 或者让他直接上贵社一趟? 他还是个学生,每天上课、兼职挺忙的。让他马上回复电话也可以,不过好像他没带手机呢。"

"啊,他没带手机?"

"是啊,有点儿心不在焉的样子……只能跟家里联系了。您看吧,有需要的话,都由我来转达好了。他晚上回来。"

"是嘛。那就先请您转达,我们来过电话吧。"

"只说来过电话就行了吗?"

"嗯,今天就先这样。"

"明白了,我来转达。"

能见直到最后都很客气,挂了电话。百合子在手头的纸片上只写了"电话、能见",继续磨指甲。

写完小说那大,白合子在标题旁边写了弟弟的名字,寄给了那天在早报登了广告的所有出版社。她没有区别广告大小,而看到了 MONTE 出版社推出《英国的双胞胎大婶》的广告,对她而言应是幸运的前兆。

MONTE 出版社是推出《英国的双胞胎大婶》系列的小社,这个系列是一对英国双胞胎姐妹夏洛特和莱特西亚写的,向读者传授下午茶制作和庭园玫瑰不长虫子的方法等。这是一个有很长历史的系列,从百合子出生那时就开始出了。到现在，它仍每数年一次推出内容老套、只重新组合一下条目的新版，像是一个无解的诅咒。

比起悠闲、死心眼的妈妈，百合子成长过程中，更多是受寂寞的英国迷婶婶的影响。对她而言，这双胞胎姐妹自小是她的偶像。婶婶书架的上面两层，全是这两人的书。从左到右依次拿起书看封面，就明白两人老去的情景。从九十年代末起，两人就不复是"大婶"、而是"大妈"了，那一天的报纸刊出新系列的书名，也是"开心大妈最佳英国点心做法"。

尽管如此，在众多出版社之中，竟是这家 MONTE 出版社打来电话……百合子安静地研磨指甲，心里暖烘烘的。感觉这不是偶然，而是冥冥中有主宰的。既是她长久以来憧憬遥远的英国双胞胎的回应，也是来自前年因心脏病发作突然离世的、孤独的婶婶最后的温情拥抱。再者，这是迄今生活中无法确定理由的琐碎事情的归结点。想来所有不上不下的事情，无他，只在预示这样一通电话而已。

百合子磨完了指甲，准备了茶，重新推敲计划。咪咪在笼子里小幅度地上下伸探脖子。房间之中，微微感觉到夏洛特和莱特西亚，还有婶婶的气息。

之后的三天里，每天有电话来。

大致按照百合子的剧本推进。

确定下来了，中里鲇太朗先生近日将前往东京，拜访

MONTE 出版社。

因为百合子有电话说"过来"，于是鲇太朗放学就去她家。他身边有点点。鲇太朗没明确邀请，但看她直着细长脖子、神态正经走路的样子，感觉是自己邀请她来似的。

点点去百合子家也好，见百合子也好，这都是头一次。点点琢磨，鲇太朗说她是个"有个性的姐姐"，是稍有保留的说法吧。

"哎，你跟你姐说了我来吗？"

按了门铃等待时，点点又确认地问道。

"我没说。"

"嘿，是吗？ 我在没关系吧？"

"嗯，应该没关系的。"

"不是聊很私人的事情吧？"

"没什么很私人的事情啦。我姐爱说话，听众越多越好。"

开门出来的百合子比想象中漂亮，点点一时看呆了。而且，比想象中感觉好。根据迄今的片言只语，她顾自把百合子姐姐想象成发型讲究、耳垂开了许多耳环洞洞、穿着时髦的二手衣、咖喱也由黄油面酱制作的人。

但是此刻，眼前说"欢迎光临"的百合子，总体而言是像播音员的、头脑清晰的万人迷类型的美女。

"她是我们班的点点。"

鲇太朗一介绍，点点慌忙躬身致意，百合子露出清新的笑容说"谢谢你关照鲇太朗"，伸手来握手。点点精神恍惚，且把手在裙子上擦一下，握住那只手。心里怦怦跳。她已经喜欢百合子了。

"叫点点，对吧？"

百合子确认似的点着头说。

"是。我姓新野。请多多指教。"

点点再次低头致意的时候，百合子向鲇太朗递去一个共犯的微笑。但是鲇太朗没有正面接受，他拉拉点点的胳膊，催促她："哎，进去。"

两人在沙发坐下，不一会儿，百合子端来红茶和装在塑料杯里的果粒凉粉。鲇太朗没说点点也来，但也有她的份儿。

"怎么回事？ 准备周到啊……"

"今天可是我让你来的吧？"

百合子盯着鲇太朗的眼睛。然后突然目光和缓地向点点笑笑，又看着鲇太朗。

从她奇特的、问句结束的回应，鲇太朗预感不妙。他想躲进点点单薄的后背跟靠着的垫子之间的空隙，但姐姐的视线包围着他，三百六十度无误。

百合子把匙子插进果粒凉粉杯子里，把杯子搁在桌面，说起了要紧事。

"其实呢，我想让鲇太朗去东京一趟。"

她说完，仿佛谈话已经结束似的，又把果粒凉粉杯子拿在手上。

"啊?去东京?为什么?"

"替我去。"

"替你去干什么事?"

"哦，准确地说，不是替我。我是要你作为鲇太朗，去拜访重要的人物。"

"重要的人物?谁?"

"出版社。"

"出版社?为什么又打交道?"

"要说为什么，是因为让他们看了那小说啦。"

"嗬，厉害啊!"

"然后呢，读的人说，一定要见鲇太朗谈一谈。"

"咦，为什么是我?"

"鲇太朗是作者嘛。"

百合子把匙子探到杯底舀起来，把满满一匙子的果粒馅、奶油送进大张的嘴巴里。

"好吃……"

她嘟哝道，又尝了一口。然后一口吃掉满满的一匙子。接下来舀得少一些，一口吃掉。谁也没说话。

点点耐不住这种安静，拿起果粒凉粉杯子，像百合子那样吃了，果然好吃。

到她们俩杯里的东西塌下去，只剩湿乎乎的凉粉时，鲇太朗终于开口了。

"说作者是我，是什么意思？"

"没有深刻意思。很简单的，作者不是我，是鲇太朗。"

"我可没有写书……"

"不过我已经那么定了，不可能悔改。"

"不行，不行，那不好办吧。把姐姐写的小说说成我写的，那不是骗人吗……这是欺诈……嗯，这是绝对不可能的事情。"

"可是，已经那样子了。事到如今，我没法说，那是我写的了。好办呀，你去东京拜访一下就完了。又不是从那天起，你就成明星了。人生可没那么便宜呢。问起写小说，按你的方式回答就行。去之前会让你读原稿，不用担心。"

"不，不，不行。我读不了你的小说。"

"为什么？"

"我害怕。"

"没什么好怕的呀。"

"不，我不读。我绝对不读！"

"那好吧。点点，你来读吧？"

点点把杯子里的果粒凉粉吃得干干净净，正喝了口红茶漱口。即使没听说整件事情，从姐弟俩的对话也能猜个

248

大概了。

"噢？ 是百合子姐的小说吗？"

"因为他说读不了，你来读，把内容告诉他，好吗？"

"明白。"

"等一下——点点，那不行呀。没那么干的。"

"可你姐说了。"

"鲇太朗，这是个机会呀。我们的书可能会出版呢。就此了结也行，如果对方建议再写，我就会认真写了。到那时，还是请她读、向你解释，你去拜访就行了。"

"何苦这么麻烦……"

"所以，你下周先去一趟东京吧。哎，求你啦。还有点点桑，拜托啦。"

还没等点点低头致意说"不客气"，百合子说了声"我去打印出来"，就上楼去了。

在百合子说"我们"的时候，鲇太朗就知道情况已不以自己意志为转移。就会是点点读小说、自己下周去东京了吧。

他没碰面前的果粒凉粉杯子。其他两人的杯子已经空空如也。留意的话，总是那样的：他总是后知后觉。

点点怀抱装了原稿的纸袋，在玄关处再次点头致意。她第一次从百合子领到指令，心中充满俯首称臣的心情。

"多多费心啦。"

百合子向并排的二人平等地微笑。

"真的不吃饭了？"

"不用了，我们自己吃。"

鲇太朗这么回答，百合子略带意味地沉吟一下，嘀咕一声"自己哦"。

打开门出去前，鲇太朗"啊"地回过头，想起了要顺带报告的事情：

"暑假我要跟点点去藤子姐那边。姐你也去吗？"

在玄关灯光之下，点点的脸刷地红了，这一点没有逃过百合子的眼睛。百合子一向的坏脑筋又活动起来了，话就在嘴边，但她把住了不说，不让人察觉。

"是吗。之前我说了，要是小说卖得好，我们大家一起搭喷气机去，还没卖呢，我就不去啦。真卖好了，大家一起去吧。"

百合子向点点轻轻俯身——她还红着脸："点点也去吧？"

"是，不好意思，我也去打搅一下。"

"对呀对呀，就应该的。我对鲇太朗也就放心啦。之前的人都怪怪的，一开始就是点点这样的人就好了。点点，我喜欢你的发型。以后就拜托啦。"

"喜欢你的发型"这句话，听起来像是今天对自己的最大夸奖了，点点好不容易说出了"噢……"

鲇太朗打开门，让点点先出，自己跟着。平时就这么走掉的，但今天感觉还欠一句话似的，他正面看着姐姐的笑脸，想最后寒暄一下。最终今天姐姐也如愿以偿了。不知何故，姐弟间延续的这个传统，此刻让他不快。

他突然想打击姐姐。带着点点这个忠实盟友，也许今天气壮一点儿了。既然这样，此刻再增一点勇气吧，鲇太朗扭头向后。但是，受到打击的是他。点点那半在梦幻中的眼睛、微张着的嘴唇！那是被百合子命令做不合理的事，一边叹息不通情理却不得不照办，甚至坚决要照办的历代百合子崇拜者脸上常见的表情。不单是他们，自己也好，桃子也好，有时大姐藤子脸上，也会浮现这种熟悉的表情。她使了什么法子，连自己唯一的盟友点点，也转眼间哄住了，被拉往她的阵营。鲇太朗真恼火。

"哪有什么怪怪的人。姐以为什么都知道，其实什么都不明白。"

他直通通地说，粗鲁地关上门，走出外面。在迈步的瞬间，他马上想拧门把进去，请求原谅。但是，在此之前，里头已传出"咔嚓"的上锁声。

即将日暮的时分。街市染成了青和紫之间的颜色。蝉鸣声像汽笛声般吵人，把一伙拿小游戏机的孩子撵回家。

点点跟鲇太朗并排走向车站的路上，在心里自豪地回味着自己跟百合子的所有对话。但是，在回味的过程中，夹着"发型"的前后部分，也就是姐弟俩的对话部分，有

东西引起她的注意。她想起来了，鲇太朗最后一句话有点
儿出言不逊。

"哎，刚才你为什么生气了？"

"刚才？"

"什么'怪怪的人'……"

鲇太朗心想不妙，加快脚步向车站走。点点抱好了装
原稿的纸袋，紧跟在他身后。

"你姐说以前的人怪怪的，你说没什么怪的，
对吧？"

"可能说了吧……"

"她是说那个公民馆的人或者小聪吗？莫非百合子姐
姐全都知道？"

点点对着鲇太朗后背发问。想抱着他的后背，她抱原
稿的胳膊猛一使劲。

"哦，是吧……"

"那，你姐也知道我去袭击的事吗？"

"什么？ 袭击？"

"我去了公民馆……"

"啊啊，那事情，我没说。"

点点开始想，那意味着什么。

也就是说，姐姐的态度，是建立在不知道自己在那事
件上起的作用的基础上的……如果她知道了，会怎么想
呢？ 会认为我是危险的女人，要我离鲇太朗远点吗？ 会

轻蔑我吗？ 不夸我的发型吗……尽管不想让她知道，但她完全不知道的话，我跟姐姐的关系恐怕就不公平吧……

思考过程中，点点觉得就自己一个被迫耍了滑头。姐姐还笑眯眯请吃果粒凉粉，自己却无意中骗了她。于是手上的原稿纸袋，变得像沙袋一样沉重。

"鲇太朗，那么重要的事情，你为什么没说呢？"

"咳，那属于个人的事……"

"那么说的话，公民馆的也好小聪也好，都属个人吧？"

"嗯……不过，也不要特地让你当坏人啦，实际上不好的是我嘛。"

"没那事，怎么说不好的都是我吧。怪怪的也是我吧。或者，我也好，那些人也好，对你来说，全都不是怪怪的人？"

"……"

"被刀子扎了，被要求买这买那，都不怪吗？"

"……"

"……不怪啦。"

点点跟鲇太朗并排走。又加快速度，走在前面。这回是鲇太朗在后面追。

"等等，点点，你生气啦？"

"我没生气，我是很诧异。知道'诧异'的意思？"

鲇太朗摇头，筋嘎啦嘎啦响。

"像你这样，人家的话你都听从，不计较过分的地方，被人刀扎，人家逃掉也原谅，是你天性宽厚吧？ 无法承受不原谅的想法吗?说讨厌很艰难吗?或者相反，不觉得讨厌?像我这样子每天跟在你屁股后面，也没感觉？"

前面三辆货车驶近。轰隆隆的噪音遮断了点点的话，但她停不下来。

"如果你是没感觉，你这一点我很羡慕，但不理解……那种无所谓、视而不见之类，把别人弄得怪怪的，我真是不理解，受不了……我想，鲇太朗这个人，其实是很冷漠的人吗?"

货车一驶过去，点点一下子蔫了，把接下来的话扔到了路边。然后，她长出一口气，让自己平静下来。

"晚饭怎么办?"

鲇太朗没回答。无言的时间变成了黏乎乎的空气绳索，捆绑着点点的身体。她连抬头看清鲇太朗的表情也做不到了。

两人一前一后、有气无力地走在夏天边上。到后来，点点对于鲇太朗是否真在自己身后，都没有自信了。

"晚饭怎么样?"

来到车站，点点鼓起勇气又问了一次。一回头，鲇太朗真就在。不过，有那么一瞬间，她觉得他不在就好了。

看他忍着咳嗽似的欲言又止的面孔，她赶紧说"好了好了"拦住他。

"刚才没事的。天气太热，脑子糊涂了，胡说八道。求你啦，忘掉吧。"

"你要是生气的话，我向你道歉。"

"我没生气。"

"可是……"

"我一点也没生气。说这个吧：饭，怎么办？"

"吃你喜欢的就行。"

"明白。那就去你家做饭吃吧。"

鲇太朗现出弱弱的笑脸，点点还是不能直视。

二人上了电车，在超市买了咸鲑鱼和鳄梨，回到鲇太朗的家。

点点进鲇太朗的房间，这也是第一次。鲇太朗想马上用电饭锅煮饭，但因为好久没做饭了，找不到电饭锅的导线。无奈只好用锅试煮。虽完全没信心煮成，但点点很老到的模样，往锅里放了适量的米和水。

鲇太朗将鳄梨一分为二，去核，开始削皮。点点打开鲑鱼盒子，用筷子夹起一块，打开烤架。

此时她吃了一惊。

烤架里放着有樱花和城堡的明信片。

她一只手仍用筷子夹着鲑鱼，另一只手去拿明信片，在它上面扫一眼而已。鲇太朗只留意鳄梨，没察觉。点点把明信片翻过来，看看内容。

祈求你幸福。

她不出声地把这个句子念了两次。橙色的鲑鱼块从筷子端掉落地上。

"点点，鲑鱼掉了吗？"

鲇太朗没往那边看，笑着把去了皮的鳄梨切薄片。

点点蹲下身捡起鱼块，在水龙头冲一下，甩甩干，跟明信片一起放进烤架，拧开点火。

然后，她什么也没说走了出去。

第二天，鲇太朗动身去日本海。

一人独行。

住在海边的藤子姐拥抱了鲇太朗，热烈欢迎。只是对他不打个招呼就来生气。

"怎么突然来了？ 被褥什么的都没准备。"

"被褥无所谓，往那边一躺就行了。"

"不过，对客人得像那么回事的。"

"我不是客人。你像对一条狗那样就行。"

藤子宽阔的家，曾是中里一家作别墅用的。

鲇太朗是时隔十年来了。原木基调的客厅，到处贴着藤子女儿画的画。小女孩名叫堇，才五岁，藤子说她有绘画才华。看来她喜欢黄色，贴的画基本上涂的是黄色，看不出画的是什么。

"小堇好吗？"

"嗯，挺好。不过，太静了，不爱说话。画画的时候，什么也不说，好认真。继承了她爸爸的性格吧。是我们家没有的类型。"

"姐夫不做陶艺了？"

"嗯，完全不做了。说是洗手不干了。现在是纯粹的上班族。"

"工作室没有了？"

"没啦没啦。窑啊什么的都给了人，或者卖掉了。"

结婚前，藤子的丈夫想做陶艺家。

中里家的别墅离平浅滩的海水浴场很近，是最适合搞艺术活动的地方。所以二人结婚后马上移居这个镇子。丈夫在院子里建了小小的工作室，每天制作陶器。然而陶器完全卖不掉，搬家过来半年，趁着藤子怀孕之机，也没有别人出主意，他自己决定去当地造酒公司工作。

另一方面，藤子作为陶艺家的妻子，挺有浪漫情调的，但自某一天起，她突然变成了上班族的妻子，感觉有点受骗了。不过，考虑到一家三口的生活，定期有收入和规律的生活最好不过。然而直到现在，她还每天有一刻要沉浸在昔日自己曾是陶艺家之妻的回忆中。今天，久违的弟弟的侧脸，柔和俊美如辘轳上转动的、成型前的陶器。

藤子"喔喔"地叫着，希望回忆被带入那转动之中。

"挺可惜的。"

藤子不知道鲇太朗说的是特地建起的工作室，还是把生活的基础建在了如此遥远的地方。

"不过没办法呀，为了生活。"

"那是姐夫做的？"

鲇太朗指指搁在暖炉上的褐色小花瓶。它跟不动的挂钟成为一体，仿佛是时光摆出的姿势。

"对呀。有气氛吧？ 他确实有才华的呀。"

"那个挂钟还在啊。"

"挂钟？ 噢，那个呀。已经不动了，但拿下来好像不吉利，所以就没动它。"

鲇太朗望着旧挂钟，想沉浸在往日的回忆里。但是，脑子里太杂乱，没有舒展回忆的空间。

"吃点什么？"

藤子说道。

"嗯？不用，我不饿，不必啦。"

"是吗？那，还有不到一小时就去接堇，我们一边散步一边走？"

"不了……"

"无精打采嘛。"

"噢……"

"你尽管待着没事，别影响其他人心情就行。"

"姐，你在这儿每天干什么？"

"干什么？ 也没什么。不，对了，各种各样的事情啊。一早起来为大家做饭，带堇去幼儿园，搞清洁、洗东西……除此之外，还有很多。"

"幸福吗？"

"幸福。丈夫努力工作挣钱，女儿是个艺术家，没的说，幸福。"

"做什么事情的时候最开心？"

"这个么。好多事情都是，不过最开心的，是每天晚上做梦吧……我的梦可棒了。有求必应的。"

鲇太朗想，我也想做梦。

他请藤子在沙发上做了个简易床，换上干净睡衣，蒙上毛巾被睡觉。

藤子坐在他枕边，眼角慢慢渗出泪水。自己结婚时还是个初中生的鲇太朗……在家人中，不忍分别而哭的，只有鲇太朗。如今，弟弟依旧是个纤弱帅哥，那有点儿精疲力竭的模样、轻轻呼吸时眉毛的颤动，都那么令人怀念，亲切得心中难受一般。长这么大了，看来小时候的优点还依旧……但是，鲇太朗好累。至脚踝的袜子也没脱下，睡衣的四个扣子也扣错了，我大胆的发型他也没注意到。一定有人睡了才能躲过的事情吧。要他数梨子皮上的小斑点或鳕鱼子，弄得眼睛通红的小鲇太朗，如今又尝到了多少比数数更难熬的苦头呢？

为了已不再是埋头数数的可爱少年的弟弟，藤子就那么哭了一下子。然后，又为已不再是陶艺家娇妻的自己，稍为哭了一下。

鲇太朗醒来时，家中空无一人。

看墙上的挂钟，是八点五十分，但外面还很亮。对了，他想起来，这个挂钟不动了。他看对面墙上挂的新钟。是二时四十分。

鲇太朗站起来，走到窗边。他打开窗帘，灰灰的海滨外，日本海泛着蓝光。桌面有藤子留下的字条：

我去接一下小董。1：45

时间也写下，是中里家的习惯。姐姐的手书，让他回想起母亲说过"要细致感受时间"，和跟姐姐们一起凑钱买的会发出鸟叫声的座钟。幼年的鲇太朗不大明白"细致感受时间"这句话，仿佛是记住时间，或者做什么事情时数秒很重要吧。

鲇太朗走到外面。

走在屋旁的小路，用一百六十八秒来到海边。然后笔直走五十五秒，鞋子浸到海水。

大海粗犷又明亮。

鲇太朗在浪推上来的一堆裙带菜边上坐下来。

在稍远的地方，一群年轻人在太阳伞下玩沙子。也有一些人套着大救生圈、漂浮在海浪中。

波浪带着汹涌的飞沫威迫鲇太朗，又哗哗退去。涌上来。汹汹然。退去。然后又涌上来。跟母亲、姐姐们一起住的时候，好像每晚都有暴走族在附近国道驰过。也就是说，是同样的重复。大海也好，暴走族也好，每天重复同样的事情。历史在重复，地球绕同样的轨道，人类繁衍人类。这世上都是循环往复。照这样子，自己反反复复的失败，也许是活在这自然法则中不可避免的吧……鲇太朗伸手摸摸裙带菜。有些地方干干的，有些地方黏黏糊糊。他提起裙带菜，丢进海浪里。裙带菜没跟上退去的浪，留在了湿了水、颜色变深的沙子上。缠在一起的裙带菜变得黑乎乎的，像鲑鱼的形状。

那鲑鱼跟儿鸟小姐的明信片一起烧掉了。烧了烧了，都黑乎乎的！就说这事，自己为什么把明信片丢在那种地方呢……点点昨晚默默走掉，就没有任何音信了。在那之后，他独自在房间里，凄凄凉凉地吃浇了酱油的鳄梨拌有米芯的饭。心想自己被全世界唾弃了。到这时，他感觉只有这海边小镇能让他呼吸顺畅，于是今天一早出了门。

鲇太朗疲惫不堪。全都不明白。不单是点点，莉莉也好，儿鸟小姐也好，小聪也好，所有女人他都搞不懂。而这不到一年时间里，她们一个接一个离去，只能认为自己有某种决定性的缺陷。可自己一个人怎么去修正这个缺陷呢？指南书，还有必要的部件在哪里？原本就因为自己是男人，事态才变得这么烦，那干脆从这个瞬间起变成女人就好了。

他低着头，双手捂着潮风吹拂的脸。

"鲇太朗！"

喊声夹在波浪声中传来。

他抬起头，看见远处海边像是藤子的人影。她跟一个蓝衣小不点一起挥着手。鲇太朗坐着回应挥手。就这么着仍是女人、女人、女人。女人总要靠近来。过来了。吵闹起来。然后走掉。

"你醒了？"

潮风吹起藤子浓密的黑发，她走近来，说道。

"你睡得可死啦。"

"才醒的。"

"小堇，这是鲇太朗小舅呀。"

堇被拉到前面来、推近鲇太朗，她什么也没说，盯着年轻的小舅。

"小堇，说呀，跟鲇太朗小舅打招呼！"

被母亲摇晃牵着的手，堇一副跟小孩子不相称面容，仿佛一瞬间回想起出生以来所有不愉快的事情。

"闷葫芦。真担心她的将来。"

藤子"哈哈"笑着，但鲇太朗对这五岁孩子心里很感触。对他来说，这小外甥女能对世界直截了当显示不快，作为一个人是理想的。

"看海吗？光看岂不挺无聊？很多呢——看海不厌倦的人。在这里能待一整天的人。这样的人，我还真不理解。你瞧太阳晒着，波浪哗地涌上来，哗地退下去，永远重复同样的事情。相比起来，游泳、扔石头还比较开心——那也是很快就腻啦。"

"重复同样的事情很好嘛。"

"为什么？"

"因为这就是自然……而我们也属于自然……"

"绣球花。"

堇突然开口说。

"绣球花、绣球花！"

藤子牵着的堇看起来要拼命离开自己，鲇太朗静静地接受了这个震动。但是，实际上她指着一旁落下的树枝，只是要母亲一起过去而已。

"哦，是绣球花呀，好啦好啦。"

藤子被拉着走，跟堇去捡树枝。鲇太朗站起来，跟上二人。

"哪些是绣球花？"

"就这个。"

藤子让鲇太朗看堇手上的树枝。

"树枝都是绣球花。"

"为什么树枝就是绣球花？"

"不知道。这样的小枝全是绣球花。我想大概房子前面种的是绣球花的原因吧。"

"你不告诉她，这不是绣球花，只是小树枝？"

"小树枝？那不美。我跟小堇觉得是绣球花的话，就当它是绣球吧。"

董绷着脸听二人说话。这孩子不瞧大人脸色行事，完全没有引人怜爱的无助。

"董喜欢绣球花呀？好，你去吧。"

藤子一放手，董跑去水边，开始俯身捡树枝。

"我以前就觉得，"藤子拉起弟弟的手，小声说，"发出'绣球花'的音时，会不会像咬着软软干干的、像泡芙皮似的东西？"

董的一只手里，已经拿着好几根小树枝，像拿着炸药似的。

鲇太朗试着说"绣球花"。又缓缓地再说了一遍。一而再，再而三地说。还试着喊了。

泡芙皮一直没有出现。

他忍不住了，跑到董身边。

两人捡"绣球花"一直到太阳下山。

一二

　　鲇太朗和藤子、董挤在客厅沙发上，边吃苹果派边看电视。

　　屏幕上播的是两个大男人联手破奇案的刑侦连续剧。母女俩每天傍晚必看这部电视剧的重播。两人都为年轻刑警着迷。屏幕一出现他的单独特写，两人赶紧抹一下嘴角的泡芙屑，同样地一脸严肃。

　　终于来到破案高潮，走投无路的案犯要说出他寂寞的往事时，客厅的电话响了。大家一门心思在电视上。铃声停止，又再响起。藤子无奈地去接。

　　"百合子打来的，你接吗？"

　　藤子眼睛红红的，把话筒搁在电话台上。

　　被逮着了，鲇太朗想。

　　案犯痛哭流涕的告白结束了，被帅哥搭档押着，耷拉着脑袋。他被押上警车带走，屏幕开始打出演职员名单。没错，命该如此——所有行径都暴露，受到惩罚，所有逃遁的路都通向一个出口，多么隐秘最终结果都相同……案犯和刑警搭档的警车似乎已不是开去警局，而是电话听筒的另一头，也就是百合子的家。

鲇太朗放下叉子，抹一下嘴角的苹果派屑，站起来。

"哎，鲇太朗吗？"

那声音听来比平时文静。是这一带潮风的缘故吗？日本海的盐分会这样渗入电话线，像这样把人的声音变得柔和吗？

"百合子姐姐，怎么啦？"

"还'怎么啦'，问你呀。你暴露目标啦。"

"你怎么知道的？"

"当然知道嘛，我是你姐呀。啥时去的？ 还没到暑假吧？ 遇上麻烦事吗？ 离家出走？"

"嗯。"

"你是在逃避。"

"嗯。"

"好狡猾。"

"嗯。"

"你从那边去一趟东京吧。"

"咦，东京？"

"上次不是说好了么。面谈是后天。"

"……"

"你会去吧，出版社？"

鲇太朗迟疑了。他并没忘记，但没打算去。首先，没读小说，这是至关重要的。因为那天晚上点点生气了，拿走了纸袋子。

"没读小说。所以我不去。"

鲇太朗说了实话。他以为要挨怼的，但百合子说"我猜你也是"，声音里没有一丝慌乱。

"没读也行。总而言之去一趟，适当聊聊就行。你胡扯一通，更显示作者派头吧？拜托啦。"

"我不愿意。我不去。"

"别啦，去吧。你就去露一次脸，之后我来周旋。我可没说事后你得回这边，你离家出走跟这件事情是两回事嘛。你就当是逛东京，顺便办个事，再慢悠悠回那边去啊。我稍后来出这个钱——你在东京站买适当的点心，送大姐他们做特产礼物。整个夏天，你就爱怎么待怎么待好了。彻底反省到开窍了，开开心心地回来。哎，求你啦，鲇太朗。求你啦。"

"可是……"

"信我吧。这回我是来真的。而你是不会故意使坏的人。鲇太朗绝对不会背叛我们。你自己明知的。"

"是吗？是吗……"

"地点和时间是之前邮件上说的那样，当天有问题就联系我。那就把电话转给大姐好吗？"

藤子接过电话，瞥了一眼鲇太朗的脸。然后把电话切换到子机，兴冲冲走到外廊去了。

看电视剧过程中，堇像做 X 光检查，被命令挺直腰板似的，腰板笔直，手上抱着坐垫。她连赞助商介绍都不放过，此刻，正凝望着空中某一点。

鲇太朗捡起落在沙发旁的手机，打开液晶屏。依然没有来自点点的邮件。他看了上周百合子发来的邮件，确认面谈的时间和地点。然后让屏幕开着，等待。等待对方打来，或者自己产生打过去的勇气。

感觉经过了漫长时间，然后不经意地一望，见堇仍旧凝视空中某一点，一动不动。

这不是第一次。吃饭时、散步时一留神，会见她不时处于这种状态中，她像跟鲇太朗看不见的做 X 光检查的医生或者宇宙之心对话似的。而"对话"一完，她像太鼓一样圆圆地绷紧的身体，透出异样的紧张感。

跟艺术家过日子，该是多棒啊！

鲇太朗感叹着，合上手机。

点点手拿小花束到鲇太朗房间来道歉，回溯起来，是那天过了中午的时候。

自从那一晚看见了烤架里的明信片，不作声就走掉以来，就没有见过鲇太朗了。第二天不舒服，一直在家躺着。第三天去了学校，看能不能碰上鲇太朗。再往后，就主动寻找鲇太朗了。校园里、路边上、商店街，都不见他的身影。

点点后悔把手机丢进公园水池里了。那晚回家路上，恼火之下那么干了。点点晃晃头：可我没后悔。那小气

268

的、尽是按键的小玩意，早就想扔了。所以正好呢……不过，再有就得小心保护了……扔一回也就够了。

点点因为没电话，所以无奈只好手拿小花束，没预告就上鲇太朗家。但是怎么按门铃，都没有鲇太朗要出来的迹象。耳朵贴在门板上听，什么也听不见。

点点在门口整整等了一个小时。鲇太朗没回来。

她接下来去的地方是丸子屋。

"嗬嗬，新野，你来得正好。"

从后门一进来，正在休息的师傅边用帽子扇风边说。

"新野、新野，来吃水羊羹。"

妈妈桑从橱柜取出水羊羹罐头，跟匙子一起放在作业台上。

"不用了，我马上要回去。我只是来确认轮班表的。"

"没问题呀，一下子就吃掉了。"

"哦……"

点点接受了好意，在两人旁边坐下，打开罐头盖子。

"新野，前天起给你打了几次电话，没打通啊。怎么回事呢？"

"哦，手机这几天都坏了……"

"是这样的：中里君说这阵子来不了了。这突如其来的，不好办哪；但他说实在不行。所以么，周末全由我跟妈妈桑顶班了。他说了下个月会多来，这星期请你或其他学生先顶上吧。嗯，今晚行吗？"

点点用匙子戳滑溜溜的水羊羹，嘴里应着"我想想"，心里头思索鲇太朗在什么地方。她吃完了水羊羹，把手上的小花束送给妈妈桑，马上前往百合子家。

但是，鲇太朗也不在那里。

点点听说鲇太朗不在这里，脸色苍白；百合子安慰了她，从她嘴里把有的没的情况全掏干净。百合子马上给妹妹、姐姐打电话，确认他在其中一人家里，叫他过来听电话，落实了东京之行。

百合子的手和口，理顺了一切混沌，分出了队列；她仿佛一对双胞胎的统帅，安排补充营养，分别安置在适当地方。看着她做这一切，点点的理性也多少获得滋养，回归适当位置。

百合子姐姐真是个善于倾听的人……点点对百合子事事佩服，即使在说鲇太朗的事情，她也差一点就忘掉了鲇太朗。她说出拿走的原稿跟手机一起，整个纸袋被扔进了水池时，她感觉自己太差劲了，但百合子连这个也没责备。非但没责备，还笑笑说"那一部就当是供奉神灵啦"。总而言之，得到百合子有力地点着尖尖的下巴，或者她那小小脑袋不置可否地、美妙且暧昧侧着倾听，点点感觉自己是世上唯一能说出话的人，连长久以来、像是粘在头盖骨上的渣渣似的话，都想全部搜刮出来，呈现在百合子跟前。

百合子打完电话，看一眼在沙发上脸红红的点点，随手就打开了笔记本电脑，了解电车线路、班次。然后她打印了藤子家周边地图，写下具体的指示，递给点点，说后天你到这里去接他。又补充道，如果聊得不顺利，住一个晚上也可以。

　　分手时，百合子把手搁在点点的肩头，说道：

　　"点点，我告诉你我们的秘密。正经方法也好，不正道的也好，总之你要是喜欢鲇太朗，就把你能有的、所有的温柔都给他。不用客气也不用为难。只要对他好就行。明白我说的吗？"

　　点点花了时间理解百合子的话，仿佛要让这些话跑遍入眠的脑细胞。然后她沉默了一下，颤声说道：

　　"不过，有时候……我温柔不起来。"

　　"那，我现在先给你。"

　　百合子用她温暖的手掌夹着点点双颊。

　　那种感触，直到点点出了玄关、步行去车站，直到她在电车上拉着吊环晃荡，直到她从车站往家里走那漫长、昏暗的路，一直持续。

　　点点脸颊有点火辣辣，仿佛因为积存了热；她回想那天的事情。就那烤架里的明信片——它算什么呀。一开始自己就没有生气的权力。如果鲇太朗真忘不了那女人，我应该帮他保存一个美好回忆！　像二姐说的，只想着自己能给予的温柔就好。可一待在鲇太朗身边，不是生他气、为难他的话，就感觉自己不是真爱他似的，只有那样子才真爱着他，于是，自己就要滋生出怒气，往他身上扔。可是我错了，该扔的东西，是百合子姐姐说的温柔，或者我的手本身。如果心中有柔情，只需像小碗面①一样，不断移往他的心就行。当鲇太朗要沉溺于我的温柔了，我只需伸出手帮他不就好了么。我不要把这种心情换算为奇怪的自尊，不要刁难人，从今往后，我要以夜游那一晚柔草般的心，去爱鲇太朗……

点点以豁然开朗的心，稍稍想了想一个个竞争对手：莉莉、儿鸟小姐、小聪……即便她们，在刺伤他，或者让他送大礼之后，一定也是这种心情，只是她们没有这个机会了——点点想到这些，胸口堵得几乎停下脚步。但是，争执的结果，如果达到这样的感觉，也许她们也走过了同样的路。最终，我们以各自不同的做法，都爱过鲇太朗。不是用正确的方法。不过，面对鲇太朗，谁都会那样子的，这很无奈。做不到不那样。鲇太朗助长了我们的歪风，而我们则无休止希望他那样子。

"点点！"

"新野！"

点点听见喊声一抬头，公寓就在眼前。

① 即小碗荞麦面，日本岩手县的地方小吃。在小碗里盛一口吃的面条，不断添加，直到客人叫停为止。

272

邮箱旁站着两个男子。是慎平和益夫。

深陷思索中的点点，收藏起冒着热气似的一个大决心，戒备地看着两人。

"怎么啦，你们两个？"

两人都要说，但又手足无措，谦让着想对方先说，所以老是说不成。

"怎么了，什么事情？"

"嗯，那个……"

"什么？"

"点点，你来定：你想听谁先说？"

"我？ 谁先都行啊。"

"别那样说，求你了，新野。"

"石头剪刀布决定？"

"行。慎平君，来吧！"

慎平出了"石头"，益夫用"布"赢了他。益夫向二人举起"布"的手，说道：

"好吧，慎平君先说。"

这一来，慎平也伸着"石头"的手，深深吸一口气。

"那个，就是说，点点……"

"嗯。"

"点点……你是独一无二的。"

点点感觉藏在心底的刚下的决心被浇上一个暖暖的鸡蛋似的。她求助似的看看在一旁听的益夫的表情。一副得

273

胜表情的益夫，带着胜者的感觉，不背身不低头，要把慎平的话听到底的样子。

"也就是说，点点是我在这世上仅有的……珍重的……特别的……"

点点不知如何是好，但还是等他说下去。一辆大汽车拐了弯，驶过来。点点和益夫避到路旁。但慎平仍脸色苍白地呆站在那里。

点点扯他胳膊一把，问："然后呢？"

"就这些。你的回答再说吧。我的话完了。益夫君，你请吧。"

"嗯？完了？那我该回答什么？"

"不用，不用。益夫君，请吧。"

"真不用？我不会随后补充了。"

"噢噢，不用了。"

"好吧。那请允许我说一下。新野，之前那件事，我对师傅说了：下个月起，新野跟鲇太朗是一班。我说了，鲇太朗填我的坑。"

"坑？什么坑？益夫君，你不是要辞掉那里的兼职吧？"

"对对，我要辞掉。辞掉了，打更合算的、适合的工。"

"为什么要辞？那家店子的排班，要用那么黑社会的方式，才能改动吗？"

"这是我的道义啦。就像那个雪天你所做的，挺身而出——我也想帮你。"

又一个暖乎乎的鸡蛋浇在点点的决心上。

她无言以对。两人的告白，她都不能理解。然而，温暖的鸡蛋绝没有玷污她的决心。

像曲奇涂上蛋液，在烤炉里烤得表面光亮似的，这个温暖的鸡蛋调整了她的决心的形状，变大，有了光泽，更加光鲜地呈现。点点终于明白了。慎平也好，益夫也好，是一样的。这些人也像鸡蛋一样希望被打破。两人是她的伙伴。

点点带着迄今没感受过的一种爱情，交替注视慎平和益夫。她想，假如以那种爱情，她能充分爱这两个人。

她缓缓地、诚心地分别拥抱了他们。然后，最后三人拥抱了。拥抱完了，她冲上楼梯，进了房间，喝一口水龙头的水，开始准备后天的行李。

在楼梯下，只留下了依依不舍的目光，像灯塔发出的光一样，照射着慎平和益夫的归路。

出发去东京那天的早上，堇给鲇太朗梳头。

堇的手还没梳子宽。她不想要梳子了，就直接把手指插入发丛中。松软的头发梳理整齐。

"真厉害呀，堇，有做发型的感觉哩。帮妈妈也梳一下吧。"

藤子抱起女儿，蹭一下脸。堇收回手，闻一下粉底霜的味道。她被放下后，不被母亲察觉地耸起肩头擦擦脸蛋。

"你这个打扮真的行吗？"

藤子看着鲇太朗的模样，皱起眉头。

鲇太朗穿上了带来的行李中最新的衬衣，配深土黄色卡其布裤子。都是洗过之后在潮风里晾干的。他抬袖凑近鼻子：洗衣液加淡水洗濯的，清爽无味。

"不是气味，我是说，不穿西服上衣行吗？"

"西服上衣？ 不热吗？"

"可是，不是见重要人物吗？ 穿我先生的吧？"

"不用了。反正热得穿不住的。大学生就大学生的样子，肯定行。"

"是吗。百合子没说什么吗？"

"关于穿着吗？ 没特别说。"

"那也行吧。那家伙也够不正道的。为什么让你干这种事情呢……她总要搞出什么名堂，真是大意不得。我好怕她哩，哪天就要杀上门来的样子……像造反一样，把我们赶出门……哎，堇？"

堇离开母亲的胳膊，坐在电视机前。然后，她翻开写生簿，开始跟看不见的东西沟通。

"姐，送什么礼物好？"

"嗯？礼物？这个嘛，西式点心好。不是果冻之类。是

276

面粉做的、有点嚼头的东西。用好多黄油，咬一口'滋滋'的感觉。"

"什么名字的点心？"

"到东京站下面去，摆的都是。不过，也不必太费心挑选。"

"知道了。"

"那就出发吧……堇！ 鲇太朗小舅要出门，你送一下。"

堇像啪地通电了一样，上半身一颤，把写生簿和看不见的东西丢开，返回两人身边。然后从兜里掏出草莓口香糖，递给穿鞋子的鲇太朗。

"哈哈，口香糖啊。小堇，能吃口香糖了?谢谢，我收下啦。"

一听道谢，堇就转到母亲的腿后面。她不是抱着腿，是在后面摆成立正的姿势。

"对了，鲇太朗，难得你去一趟，带上这孩子的写生簿吧。给那出版社的大人物瞧瞧。碰巧的话，或许会采用堇的画做封面呢？"

"哦……"

"有机会的话，就给他们看看。谈话停了的时候，冷场的时候，适当提到就好。哎，堇，拿写生簿过来。鲇太朗小舅也许会给我们小堇开画展哩。"

"好啦，姐，别骗小堇了。"

"我不骗她。不过，说不定也有可能嘛。"

大人们说话中间，堇已按指示拿来了写生簿。有四册。藤子大致看过内容之后，只要鲇太朗带上其中一册。

在电车上，鲇太朗浏览了写生簿。花、鸟或者眼镜全是黄色，简直就是黄色和非黄色的世界。

鲇太朗交替注视车窗外的景色和写生簿的内容，心想在这个黄色世界里，即便只住上一瞬间也好啊。

点点搭乘前往北陆的新干线。

一切按照百合子的指示。搭这种高级快车前往有滑雪场的大站，换乘带鸟名的差不多快的电车，在终点站转慢车，约步行二十分钟，就该看到鲇太朗了。

点点走向车厢后头的窗边席。她拉直了裙子坐下，不让崭新的裙子起皱。为了今天，她熨了衬衫，还擦了皮鞋。她略微调整了座位角度，不让一身紧张感透出来；然后确认车厢内有没有需要注意的人物，又通过百合子写的字条，牢记转车的站名。喘口气后，她把鼓鼓的手袋放在身边，从里面取出椰子油酥蛋糕点心。又收了起来。她想，去请求人家原谅的时候，不该一个人大嚼油酥蛋糕。

新干线开动了。城市过去了，眼前是田地、山峦。之后有长长的隧道。点点想着吹风机的内部。白晃晃的车厢、吃着花生米的上班族、卖三明治的大姐，我们变成了一具巨型吹风机，在列岛掀起狂风。吹干了河底的小石头、飞鸟眼中的泪，吹过长在山坡上的锯齿状叶子背面，直抵鲇太朗……点点反复做深呼吸。

到窗外终于看见了日本海时，抵达了目标的车站。跟百合子写在地图上的注意事项"无人"吻合，这里是个无人站。

点点把手中的车票庄重地投入回收箱，在车站周围逛了半个小时，让心情平复。然后她在车站长椅上补补妆、理理发型，走向目标的房子。

也许走路时太使劲了吧，拿手袋的手痛了。脚也痛了。还是紧张的关系吧，内脏下部也痛了。这么一想，全身都痛了，发尖痛了，空气痛了，连混凝土地面也透过鞋底，痛起来了。

按照百合子的地图，那所房子离车站约步行二十分钟，矗立在一片空地和也是无人的碾米厂之间。

在细长的大楼前，鲇太朗拍了一张照片，进入里面。

小巧的大堂摆了两张沙发，周围盆栽观叶植物茂盛。鲇太朗对接待的姑娘说了姓名，对方给他纸和圆珠笔，请他填写。有好些栏要填的，但鲇太朗只能写上自己的名字，和只知道平假名的对方姓名及约定时间，除此之外写不了。接待的姑娘接过那张纸，递给他一枚有枫叶的公司徽章，要他在沙发上等。

过了五分钟，里头出来一名男子，是那种随处可见的上班族模样，跟鲇太朗所想象的大相径庭。不到中年也不算青年。他一边走，一边张望大堂，一跟鲇太朗目光相合，就一下子改变角度，直接走到鲇太朗面前。

"哎呀呀，不好意思让你久等啦。我是编辑部的能见。欢迎欢迎。"

能见深躬致意，同时递上名片。这是鲇太朗有生以来头一次接受的名片。

"我是中里鲇太朗。这次……实在太感谢您了。"

"哎呀呀，你真年轻。比想象中更像大学生。嘿，实在令人吃惊，服了服了。我已经是大叔了啊。总之，很荣幸见到你。给你姐姐添了许多麻烦。你姐姐做事情很干脆，说话也快，多亏了她。嘿，你真年轻！要是穿上校服，看起来也像个高中生吧？啊啊，我说过头了，不好意思，失礼啦。"

能见一口气说下来。被压住了气势的鲇太朗只能回答"哪里、哪里"。

"总而言之，这里不便多说，我们到上面去吧。我的上司也想跟你聊聊。"

"啊，上司吗？"

"当然。难得你来一趟。"

能见没触碰鲇太朗的身体，示意他去搭电梯。两人进入抵达的电梯里面。两个珠光宝气的高个儿女人同乘电梯，但鲇太朗一直低着头。

鲇太朗被带到走廊一端标识着"会议室Ⅲ"的房间，一个面无表情的女职员出现，摆下绿茶和曲奇饼走了。鲇太朗跟能见夹着长方形桌子面对面坐下。看他那张好人的脸，觉得还没开口自己的谎言已经从皮肤冒出来了。鲇太朗的视线无力地滑过能见下巴的线，落在绿茶上面。

"马上就到，请稍等一下。啊，到了吧？"

门一开，上司进来了，又是跟鲇太朗想象不同的上司。上司是位穿灰色西服、仪表堂堂的六旬男子。鲇太朗原想，这回该是一位业界年轻才俊上司了吧。

"哎呀呀，今天有劳你大老远过来啊。"

但是，这位上年纪的上司颇有品味。也由此，鲇太朗更体会到自己作为姐姐谎言化身的存在。他更加抬不起头了。

能见也好上司也好，总是不提及小说。反而希望了解鲇太朗上的大学、兼职打工的情况。这种事情，鲇太朗尽可照直说，很轻松。但是，说着说着，他搞不清楚那是否真是自己的话了。在说自己做的事、想的事中间，有了一种奇怪的感觉，仿佛那是在说自己以外的某个人的事，百合子或者桃子、点点之类的。为姐姐找执笔助手的是谁？在便当店打工的是谁？加入健身房的是谁？在牙科医院清洗器械的是谁？本来全是自己，可说出来的瞬间，听来像是为这次面谈而设的。自己此刻是作为百合子的替身，来面对大城市的绅士，可他不知不觉中，感觉成了自己的替身。

那一刻终于来了。能见没有任何前兆就拿起脚旁结实的褐色纸袋，从里面取出原稿，像卷宗一样摆在桌面上。

"嘿，这真是一部疯狂的作品啊，好的意义上的。"

"难以捉摸，意味深长。"

上司也赞同。

"中里君，你究竟为什么要这样写呢？"

人家这样说，鲇太朗还是不知道稿子上写了什么。他连书名也不知道。他想，还是不该来的。但是，两位绅士静等回答。也像是已经知道了答案。

"那个……不好意思，嗯，我不知道。"

上司"哈哈"笑了。能见稍有节制地笑着说道：

"哦，不知道。作者本人也说不知道。这是常有的，也许这样反而更加自然吧。尤其是这种形式的小说。"

"啊，是吗？"

"这部作品这样子产生，真值得庆幸。细处刻画精心，情感也丰富。迄今还写过什么东西吗？"

"哦，没有。"

鲇太朗一边回答，一边在脑子里刻下"刻画精心"、"情感丰富"这两个词组。

"就是说，这是第一部作品吧？哎呀，真是厉害。中里君，我们在这里商量一下：你有打算往后跟我们一起对作品做些修改，以某种形式发表吗？"

"发表？ 说到发表……"

"还不能说死，但最终目标是单行本。"

"单行本，就是出成书，在书店卖吗？"

"噢噢，对呀。就是说，我们尝试修改一下……只不过，以现阶段的质量看，实现目标的可能性很高啦。就我们而言，打算鼓足劲朝这个目标努力。"

上司在一旁点头。能见探出身子翻动原稿，指点着他喜欢的句子，逐一郑重地夸奖。一边夸，还一边打开手头的笔记本，写下一些东西。稿子上贴了许多附笺，上面也用铅笔密密麻麻写了东西。

"总而言之呢，这部作品好在写人。如果不是很了解人，并且打心底里爱着，写不了这样的。"

卷式窗帘放下了一半的窗外，邻近大楼的窗户在闪亮。

这种反射光进入房间，照得能见的表盘也闪闪亮。

"点点——！"

点点正拭着汗水、看着表走路，闻声吓一跳，停住脚步。

点点一抬头，见杂草丛生的空地对面的一所房子前，一个瘦削的女人在招手。一个小女孩站在她身边。虽然点点觉得应是那所房子，但没想到有人出来迎接，她吓了一跳。为了慎重起见，她回头看看，除了自己别无他人。

藤子抱起堇，小跑着来迎来访者。

"点点吧?欢迎欢迎。"

"对。您是……"

"我是鲇太朗的姐姐藤子。这是我女儿堇。谢谢你大老远过来。"

藤子把抱着的堇托高一点，空出左手要帮点点拿手袋。

"啊，没关系，一点也不沉。那个，不过……"

"什么？"

"莫非，您是在等我？"

"当然啦。你是贵客呀。对吧，堇？"

"百合子姐姐说了我会来……吗？"

"嗯。是三点四十五分的电车抵达的吧？ 你迟了一些，还以为你迷路了呢。所以刚才想去找你。太好啦，平安抵达！ 我听百合子说你是为鲇太朗来的，放心吧。哎，小堇也知道了吧？"

点点看堇。堇在母亲右肩处扭着身子，注视着点点的面孔。

"啊，你好……堇，小堇？"

点点打了招呼。"姐姐，你好。"藤子上半身前倾，堇也连带鞠了躬。之后，堇从藤子身上下来，绕到藤子身后紧跟着。

"来，先进门喝喝茶。咳咳，感觉都晒黑啦。"

"那个，藤子姐。"

"什么？"

"我，心理准备，还没有……"

"咦，什么心理准备？"

"我在这里稍微平静一下好吗？"

"不要紧呀，鲇太朗不在。"

"嗯？"

"鲇太朗不在家。"

"……"

"他去了东京。"

点点听见两眼背后哧地泄漏空气似的声音。暂时止住的汗水喷涌而出。仿佛连长出头发的柔软头皮也开始溶化了。

但是，藤子攥住点点的手，让她保持固体状态。

"点点，点点，不要紧啦。他办完事情，今天之内就回来。而我们就等着，给他惊喜。不是很棒吗？"

"呵……"

"不要紧，绝对很棒。"

"很棒……是很棒吗？"

"是啊，所以，大家一起等他吧。"

在模糊下去的意识中，点点像往岩壁挂绳索一样，把视线挂在藤子脸上，好不容易保持住跟现实的联系。点点凝视着这张跟鲇太朗流着同样血液的女性面孔。温和的圆脸，跟鲇太朗、百合子姐姐都不同，从耳朵到下巴的线条像煮鸡蛋的尖尖，滑溜流畅，眼睛、嘴巴像毛笔描绘似的难把握……亲切的面孔，似乎像某个人，很久很久以前、每天见面的某个人……

点点把要溶解的头盖骨连同里头的东西，沉入遥远的记忆海洋。于是突然间，从某一瞬间开始，眼前藤子的面孔，只认作悬挂在老家孩子房间里的人面月饰物。

那人面月，是在某处庙会日买的，由光滑的石子做成，有白色串珠穗子。每次回老家，都觉得奇怪：人面月去哪儿了呢？但她从未寻找过。那人面月，曾觉得它比父母、老师都伟大，比上帝还神圣。夜夜对它空想比现在更好的未来，对它祈求获得一般人的幸福，哪怕是别人剩余物的拼凑。而它，竟然就在这里。

此刻，漫长的时间跟几千个夜晚的无数祈求一起，再一次在点点身上掠过。想奉献却无法奉献的柔情，失去目的地、未启封就丢弃的柔情，再次聚拢到她手上。

"我，真能得到原谅吗？我跟鲇太朗君，能再一次成为朋友吗？"

点点哭着问她的月亮。

"当然。"

月亮答道。

"当然能成朋友啊。对吧，堇？"

堇严厉地看着哭泣的点点。她不喜欢大人在人前哭泣。可她慢慢同情起跟前哭泣的这个女人，她看不下去了，老是把脸抵在母亲膝盖窝上。

藤子抱着点点的肩头，窥看她的脸。

"所以呀，别在这儿，到里头放松点。来吧，来。"

她用右手拉起点点的手，用左手把女儿的脸从膝盖窝挪开，握住她的手。

女人们缓缓走进家里。

然后，大家喝茶，一边画画一边等待鲇太朗回家。一边到海边散步，一边等待。点点的裙子弄脏了，皱纹也好，蜡笔线条也好，沙粒也好，她都没理会。母女俩饿了，点点借用面粉、鸡蛋和牛奶，用平底煎锅烤薄饼。

从海边房子的窗户，开始飘散煎烤黄油香气。香气顺着潮风也飘散到日本海。拍打海边的波浪也好，躲在岩影里的海鸟也好，失去了好久的温柔，此时终于回归了。

"我说出来了，不是我。"

鲇太朗坦白道。

"嘿！"

眼前浮现百合子手握听筒、怒气冲冲的白皙脸庞。

但是，那也没办法了。鲇太朗坐在 MONTE 出版社外面广场的花坛边，一边拔小草的叶子，一边像听天气预报似的听姐姐怒吼。

"笨蛋！ 你怎么回事？ 你是大笨蛋吧？ 没叫你这么

287

干呀！"

"可没法子嘛。人家能见说，你很了解人，而且深爱着什么的。"

"你是很了解，也爱着啊。"

"我想都没想过这种事嘛。而且，在脑瓜子那么好的人面前，我是死也说不出，怎么个了解人、爱人。也许姐才是那样……"

"别说那种幼稚话了。我对人只了解一点点，也没爱。不过对你倒是挺了解、还爱着，因为你是我弟弟嘛。你这么一来，丢份了，太丢份了。这本是你难得的成为小说家的机会。"

"不是我，是姐吧？姐，你用自己名字写嘛。出版社的人说，重新跟你联系。他们说，那本小说'不可捉摸'、'意味深长'、'富于情感'。"

"什么？'不可捉摸'、'意味深长'、'富于情感'？"

"好像是夸奖。"

"夸奖了？"

百合子沉默片刻。电话那一头传来咪咪"叽叽"的鸣叫声。

"哦。然后呢？"

"说是再联系。"

"这是什么意思？"

"再联系嘛，就是等待吧？"

"能见先生长什么模样？"

"一般的脸吧。能见先生跟他的上司都是很好的人。我说了实话，他们也没生气。倒是很无奈吧。不过，实际上在生气吧？我就不大清楚了。我都搞不清楚。他们说总之会联系——不是跟我，是跟姐这边。"

"那我就等着啦。到这一步，只能祈祷了。你也祈祷吧。"

"嗯。"

"是你去的，所以他们也不会认为是使坏。除非他一根筋，谁都不会认为你在故意使坏。"

百合子指示鲇太朗多给藤子一家买些土特产礼物，然后挂断了电话。

鲇太朗走到广场的树荫下，打开离开时能见送的罐装橙汁。他把已经不冻的液体一口气灌进咽喉。于是，嘴里留下舒心、熟悉的味儿，引发他一时的感伤情绪。

"这个，真的不是我。"

在MONTE出版社会议室明确说出来的时候，听起来鲇太朗这话不单单是对着跟前的二人说的。只是他已不堪自己冒名顶替了。那就是对等待在某处出场的自我本体说的话。

"嗯？什么？什么'不是我'？"

看着能见茫然的表情，鲇太朗难受地说下去。

"对不起。不是我。那个，就是说……写小说的人。"

"那么，是哪位……莫非，是接电话的那位？"

"对，是这样。"

"那，你呢？"

"跟我没有任何关系。"

那么回答的瞬间，鲇太朗感觉终于从替身解放出来了。但是，至关重要的自我本体这回该出马的，却没有马上冲出来。焦急的心情加上目睹二人无语的脸，更加乱了。

"也不是没有任何关系，我是说，我是她的弟弟。"

鲇太朗慌忙补充道。绅士们还是无语。

在长长的沉默中，鲇太朗等待自我本体登场。他眨眨眼睛，挪一下屁股的位置，转动一下脚脖子。没有任何改变。

"哦……你是她弟弟？"

能见终于接受了事态的样子，扶一扶眼镜。

"对。"

"好吧，弟弟……聊到的那些……的确……弟弟……"

刚才猛做记录的能见的右手又动了起来。一看，他在百合子寄出的原稿空白处，拉开间隔，缓缓地写下"弟弟"两个字。

鲇太朗想，躲不掉了。

即便独自关在家中，即便逃往海边小镇，自我本身不会来迎接你，也不会来追赶你。那么，此时此刻等待的自己是什么？只是能见写下的"弟弟"吗？或者……可不是嘛，自己就是自己，迄今一次也没有过。自己总是某人的弟弟、某人的儿子、某人的朋友、某人的男朋友，不是吗？也曾觉得，自己只要活着，就只能是这副模样了。虽不明确这是规定，还是诅咒，但总之就是那么了。

鲇太朗两眼落在会议室一角呆呆的观叶植物上。带着阴影的绿色，让他想到那绿色妖怪。这寂寞的妖怪，它不知道解药就在自己嘴里，一个劲儿在人中间寻求慰藉。感觉这绿色家伙老跟在自己身后似的。而此刻，它也跟绅士们堂而皇之列席在会议室里，对着鲇太朗诉说：你跟我们是一样的；你也跟我们一样，为了逃脱这个刚发现的、麻烦的咒，只有向他人寻求解药；但是即便你幸运找到了药，也并不是药到咒除；因为那时候，你已经变成了那位给药人的拥有物了……

绿叶似乎在摇晃着，有笑声从扭曲的茎叶深处传出。鲇太朗马上明白了。在日本海海边就有所领悟。所有的一切都是重复。一旦被谁挽救，从那一瞬间就必然寻求下一只挽救的手。咒语循环往复。这样一来，只要还活着，最终必得寻找制止这种反复的决定性的人吧。手上的药不会一直对自己有用，就只能寻求那只施予药的手吧。可是，这绿色家伙究竟要干什么？解了咒的话，打算变成什么样？不想是绿色，想变成粉红色吗？不想有一身乱蓬蓬的毛，想要一身干爽利落的毛吗？对呀，当所有咒语解开时，自己究竟期待成为什么样呢……

鲇太朗感觉已经知道答案了。也意识到那东西非同一般，值得他一直寻求、苦苦等待。

能见和上司像肯定观叶植物静静的诉说似的，在长久沉默之后对视一下，互相点了点头。然后，能见打内线电话到某个部门，让人搬来足足十罐橙汁，送给鲇太朗。

在广场深处的一个露天舞台上，穿制服的吹奏乐团开始演奏歌谣曲。

管乐器金色的表面反射着夕阳，让广场上听音乐的人更燥热了。我应该不客气地把那些罐装橙汁都收下吗……但是，鲇太朗把会议室的回忆挪到脑子一角去，从背囊取出露出来的写生簿。

没能出示这本写生簿，也得跟藤子姐明白说吧。鲇太朗一想起就心情沉重。董画的软绵绵的黄色线条，仿佛自动解除了纸的束缚，伸向鲇太朗，要像茧一样从外面缠住他。鲇太朗眯着眼模糊地打量涂抹的黄色，那里却突然出现了一个黑影——是一个微胖的男子坐在旁边了。

这个上班族脱下外衣，长吁一口气。鲇太朗慌忙合上写生簿，收拢一下位置。他说了声"不好意思"，在大了一些的空间里舒展身体。一股咖喱气味。上班族从衬衣兜里取出 FRISK 盒子，在张得大大的嘴巴上面摇一摇，哗地一下倒出十来颗，他一口就嚼起来。然后他眼里泛着泪光，瞥一眼旁边青年人合上的写生簿，问道："你在画画吗？"

"这不是我的，是我外甥女的。"

"外甥女？ 嘀，我前不久也有了外甥女。外甥女好哇。"

"噢……"

"你是学生？"

"是。"

"进公司前，玩个够吧。进了公司之后，够你拼的。"

"是吗……"

"这么好的天气里、听这么好的音乐，我都不要做人啦。我觉得，我应该有另一种人生。可这另一个我呀，也会想：我该有另一个人生吧……最终……最终……要吃吗？"

上班族晃一下要收起来的 FRISK 小盒子。三粒小小圆片掉在鲇太朗手掌心。

鲇太朗站起来，走去车站。

身后留下那个上班族一个人嘟嘟囔囔。

在东京站，鲇太朗没上前往北陆的新干线，而是买了长途车票，返回大学所在城市的小公寓。

他上了到站的长途车，深深坐进最前面的座位，闭上眼睛。他感到，就在座位底下，等待着今后将要度过的成千上万的日子。每一次呼吸，舌底的 FRISK 都把带着霉味的巴士空气变成清爽的风。

车子发动了，行驶起来。司机打开麦克风，开始广播：

"各位乘客，大家今天也很辛苦，我会安全驾驶，请各位放心休息……"

解释了路线和预告了抵达时间，司机通过后视镜看看座位，关闭麦克风电源。就在这一瞬间，他看见坐最前排睡得死死的年轻人猛地坐起来。

震动的手机显示是日本海藤子家的号码。鲇太朗连忙按了通话键。

"喂喂？ 哎，姐，其实今天……"

"鲇太朗？"

因为潮风把声音变柔和了，不明白是谁。不过，他马上就明白了。

"我们大家都在等你呀。等啊，等啊，等……都把人等坏了。"

窗外，夜幕正降临这个大楼如巨型蜡烛的城市。

"鲇太朗!快回来。"

点点令人想念的声音裹挟着潮风，击穿耳膜、窜过鲇太朗身体，不单如此，还把西天要沉下的太阳再次推上天空高高的地方。

鲇太朗想在阳光中一直奔跑。